新潮文庫

わかって下さい

藤田宜永著

目次

わかって下さい

わかって下さい

取り立てて不満のない人生である。不満がないからと言って充実しているわけではない。空気の抜けた風船が、風任せに右に揺れたり左に揺れたりしているような、何とも頼りのない日々を送っている。

大学を出ると、製紙会社に就職し、総務部の副部長までは上った。しかし副部長の〝副〟というのは、衣服にこびりついてどうしても取れないシミのようなもので、これがつくと、部長にはなれないというのが、社内の暗黙の了解だった。

果たして私は副部長のまま定年を迎え、子会社に二次就職し、去年、六十五歳で、そこも辞した。

退職後の大事な務めは、認知症で施設に入っている父の相手をすることである。働いている時は、妻の節子《せつこ》に任せることが多かったが、彼女はほとんど施設に顔を出すことはなくなった。

母が死んでから、父の病状は一気に悪くなり、冷蔵庫に靴を入れたり、怪しいシロアリ駆除の会社と勝手に契約を結んだりするようになり、挙げ句の果て、徘徊《はいかい》が始まった。それで施設に入れたのだ。

父は大半部屋にいる。みんなで歌を歌う時間になっても、父は参加しない。参加しているのはほとんど女性で、男性はひとりかふたりである。ペットを飼ったことはなかったのに、父は、施設にやってくる犬や猫とはよく遊ぶ。私とふたりでいる時は、ほとんど会話はない。たまに私を部下と間違えて「報告書はまだか」と言ったりはするが。

石油元売り会社に勤めていた父は堅物で、酒は一切飲まず、家と会社を往復しているような男だった。仕事柄、転勤が多かった。大半は単身赴任だったが、広島の支店に異動になった時は、私も中学の三年間を、向こうで暮らした。

支店長まで務めた父は、絶対に役員になれると信じていたらしいが、それ以上昇進することはなかった。出世などにはまるで興味がなさそうな大人しくて控え目な男だったが、関連会社に移った後の父は、元気をなくし、ちょっとしたことで苛立《いらだ》つようになった。

役員の目などまるでないと思っていた私は、退職しても、父のような苛立ちはまるで感じず、余生をそれなりに楽しもうと考えていた。しかし、仕事一筋で生きてきた私には、他に打ち込めるものが何もなかった。だから、毎日が暇でしかたがない。美術館を巡ったり、散歩をしたりしているが、夜はほとんど家にいて、テレビばかり視《み》ている。

どの放送局でも、懐《なつ》メロ番組をよく流していることに気づいた。

私は、演歌からフォークソングまで、ともかく、若かりし頃のヒット曲なら何でも聴いている。昔の映像が流れることもあるので、懐かしくてしかたがない。昔は絶対に聴かなかった曲にまで心を動かされているのは、歳《とし》をとった証拠だろう。

妻も同世代だから、「この人、歳とったわね。誰だか分からなかった」なんて言いながら一緒に視ていたが、それは最初のうちだけだった。

「あなた、もう飽きたよ。チャンネル、変えて。たまにはいいけど、昔の曲ばかり聴いてると、何となく寂しくなってくる」

「そうかあ。俺にはもう過去しかないから、これで十分なんだけど」

「爺《じじ》むさいこと言わないでよ。九時からは『ドクターX』を視るからね」

「それ何だい？」

妻は私を小馬鹿《こばか》にしたような目で見た。「知らないの？　視聴率二十パーセントを超えてる話題の番組よ。そうやってどんどん時代から遅れていくのね」

「もうとっくに遅れてますよ」

私には娘がひとりいる。三十歳になる由紀《ゆき》は、まだ嫁いではおらず、家から出てゆく気配すらない。食品会社に勤めていて、帰りは大概遅いのだが、たまに早く帰ってきて、夕食を共にすることもある。

由紀が、懐メロ番組ばかり視ている私にこう言ったことがある。

「パパ、テレビでばかり視てないで、コンサートに行けばいいじゃない。シニア向きのライブハウスもあるよ」

「男ひとりで行くのはねえ」

「ママ、付き合ってあげたら？　ママも懐かしいでしょう？」

「嫌よ。家でこれだけ聴かされてるのに、わざわざ劇場にまで足を運ぶなんて」

そんな会話が交わされて一ヶ月ほど経《た》った時である。

私宛《あて》に、或《あ》るテレビ局から封書が届いた。開けてみたら、『青春のフォークソング』という番組の公開放送の整理券だった。抽選に当たったらしいが、自分は応募していない。妻に訊《き》いたが、知らないという。

「きっと由紀よ。あなたが家にいてテレビにばかりかじりついてるから、あなたの代わりに応募したのよ」

　その夜、帰宅した由紀に訊いたら、果たして彼女が勝手に応募したのだった。

「へーえ、まさか抽選に当たると思わなかったよ。私、籤《くじ》運悪いから」

　一枚の整理券で、ふたりが入場できることが分かった。

「一緒に行こうか」私は妻を誘った。

「いつ？」

　私は日付と時間を妻に教えた。

「その日は駄目。千賀子さんと里美さんと夕飯食べることになってるから」

「そんな話、聞いてないよ」

「ごめん。言うの忘れてた。でも、ちょうどいいじゃない。懐かしいフォークを聴いて、外で食事してきてよ。ゆっくりしてきていいよ、私も遅くなるから」

　先約があるのならしかたがないが、ひとりで行くのが何となく嫌だった。気軽に誘える女友だちでもいればいいのだが、そんな人間がいるはずもなかった。

「山村さんを誘ったら」妻が言った。

「初老の男、ふたりで行くのか」

「いいじゃない。彼、大学の時、軽音楽部だったんでしょう？」

しかたがない。そうするか。私は山村に電話をした。だが、即座に断られてしまった。その日は、孫の誕生会だという。

せっかく娘が応募してくれたのだ。私はひとりで出かけることにした。

公開放送は、午後六時半から、A局内のスタジオで行われるという。私は、電車を乗り継いで赤坂に向かった。A局は赤坂にあるのだ。

出かける前、服を選んだ。ネイビーブルーのブレザーにチェックのシャツ。ズボンは白っぽいコットンパンツにした。

普段、外出する時は、着ていくものには無頓着《むとんちゃく》である。父親の施設に行くのに、あれこれ考える必要などないではないか。働いていた時は、オフの日の服装にもそれなりに気を使っていたのだが。

最初は乗り気ではなかった私だったが、その日になったら、ちょっと張り切っている自分に気づいた。テレビに映るかもしれないが、それは一瞬のことで、誰も注目しているはずはない。それなのに張り切っている自分を笑いたくなった。

薄くなった部分を気にしつつ、髪に櫛《くし》を入れた。

仕事を辞めてから、社会とぷつりと縁が切れ、公式の外出などまったくない。公開放送を観《み》に行くことは、そんな私にとって公式の場に出ることに匹敵するものとなった。

たまにはこういう機会がないと老《ふ》け込んでしまう。娘がそう言っていたが、まったくその通りだ。老け込んでも、困ることなど何もないが、お洒落《しゃれ》をするとやはり気分が変わった。

赤坂にはかなり早めに着いた。軽く食事をすませておきたかったのだ。あと二週間ほどで、年が変わる。その日はとても寒い日で、通りを吹き惑う風は冷たかった。

赤坂は大きく変わっていた。私の知っている赤坂は、韓国料理屋ばかりが人目を引く街だったが、今は小洒落た店が増え、立ち飲み屋には外国人の姿も見られた。道行く人も若返っている。

昔、有名なディスコがあった。ムゲンとビブロス。ムゲンには友だちと一度だけ入ったことがあった。当時、流行《はや》っていたサイケデリックな店だった。ティナ・ターナーのショーを観たのはビブロスだった気がするが、記憶がはっきりしない。

少ない思い出を掻《か》き集めて、ぶらついていたが、どこで食事を摂《と》ったらいいのかはまるで分からなかった。ひとりで小洒落たダイニングバーに入る勇気はないし、居酒屋で一杯やるわけにもいかない。

結局、ラーメン屋に入り、寂しい夕食を摂った。それからA局に向かった。また昔のことが脳裏をよぎった。

A局の近くに『憩《いこい》』という喫茶店があった。赤坂で一番立ち寄った店は『憩』だった。しかし、その喫茶店は跡形もなくなり、面影すら残っていなかった。

A局に入り、受付で整理券を見せると、公開放送の行われるスタジオは二階にあると教えられた。

八十人ほど入るスタジオで、席はすでに六割ほど埋まっていた。ほとんどの客が私と同世代のようで、女性が圧倒的に多かった。

真ん中辺りに三席空いていた。私は、コートを脱ぎ、マフラーを取ると、通路側の左端の席に腰を下ろした。

「そちらの席、空いてますか？」

ぼんやりとステージを見ていた私は、声のした方に目を向けた。訊いてきたのは娘と同じぐらいの歳の女だった。

「ええ」私は腰を上げた。

彼女の後ろに濃いサングラスをかけた女が立っていた。よく見るとステッキを手にしている。盲目のようである。

若い女が先に私の前を通り、盲目の女を誘導した。私の隣に座った盲目の女は六十をすぎているように見えた。母親に娘が付き添ってきたらしい。

番組関係者がステージに立ち、今回の公開放送は二回に分けて、放映されることなどの説明を行った。

六時半ぴったりに公開放送が始まった。司会を務めているのは、アルフィーの坂崎幸之助だった。

第一部の出演者は森山良子、杉田二郎、ばんばひろふみ、堀内孝雄。最初に杉田二郎が『戦争を知らない子供たち』を歌った。そして、トークに入った。フォーク・クルセダーズのことを中心に、昔のことが語られた。本物を見ているとやはりゾクゾクしてきた。

森山良子が『この広い野原いっぱい』を歌う。

ふと見ると、隣の盲目の女がステージの方に顔を向け、口ずさんでいた。

灰色のタートルネックのセーターに黒いカーディガンを羽織っている。それに茶色っぽいロングスカートを穿《は》いていた。顎《あご》の線がほっそりとして鼻筋の通った女だった。

森山良子が歌い終わると、またトークが始まった。面白いエピソードに会場が沸いた。

盲目の女も笑っている。

その笑顔に目を向けた私ははっとして、改めて女を盗み見た。

横地美奈子《よこちみなこ》ではなかろうか。

齢《よわい》を重ね、髪型も変わっていたので、すぐには分からなかったが、間違いなく美奈子である。

美奈子が盲人になっている。

私はもうステージに集中することができなくなった。

声をかけたい気持ちと、自分のことを知らせずにおきたい思いがせめぎ合っていた。美奈子が盲目になっているから話しかけたくないのではなかった。気軽に名乗れない理由は他にあった。

この前、美奈子のことを久しぶりに思いだしたのだ。ロバート・ボーンが死んだという記事を新聞で読んだ時だった。

第一部が終わり、十分の休憩時間に入った。

「私、おトイレに行ってくるけど、お母さんは大丈夫？」娘が美奈子に訊いた。

「今はいいわ」

私は立ち上がり、美奈子の娘を通した。その際、娘をじっと見つめてしまった。二重瞼《ふたえまぶた》のくりっとした目が、若い頃の美奈子にそっくりだった。話しかけてみたいが、声や話し方で相手が分かるかもしれない。しかし我慢できなかった。

「こういう催し物にはよくいらっしゃるんですか？」鼓動が激しく打っていたが、私は、落ち着いた調子で美奈子に訊いた。

「テレビを視ていて、一度スタジオに来てみたくて応募したんです。何度も抽選に外れたんですけど、今度、やっと当たりました。私、見ての通り、目が見えないですから、お宅の顔は分かりませんけど、お声からすると、私と同じぐらいの歳の方かしら」

美奈子は全盲のようだ。

「あなたよりもちょっと上でしょうが、まあ同世代です」

「おひとりでいらっしゃったんですか？」

「ええ。娘が、応募してくれて当たったんです。女房を誘ったんですけど、友だちと食事に出かける約束があって、付き合ってくれませんでした」

「奥様、きっとお若いのね」

「いいえ。六十を越えてます。でも、女房は、懐メロばかり聴いてると老け込むと思い込んでるんです」

「私は、青春時代の曲を聴くと気持ちが若返ります」

「私も同じだな」

美奈子は声を聞いても、相手が私とは気づいていないようだ。若い頃よりも少し声が低くなったせいかもしれない。

席に戻ってきた娘が、びっくりした顔をして、私を見た。

「お母さんとちょっとお話をさせていただいてました」

娘がにこりとした。「私が生まれる前の曲ばかりですから、母の話し相手にはなれません。ちょうどよかったです」

娘が着席してしばらくすると、第二部が始まった。

私は本当のことを言うべきかどうか迷っていた。やはり、言わない方がいいだろう。娘も一緒なのだし。

第二部のゲストは伊勢正三、太田裕美、『ガロ』のボーカルだった大野真澄、そして因幡晃《いなばあきら》だった。伊勢正三、太田裕美、大野真澄はユニットを組んでいるらしい。

『ガロ』は楽曲も素敵だったけれど、メンバーのファッションが決まっていた。生涯に一度ぐらい、あんな恰好《かっこう》をして、髪を伸ばしてみたいと思ったが実行したことはない。あれからおよそ四十五年。伸ばす勇気が湧《わ》いたとしても、肝心要《かなめ》の髪が頼りないから話にならない。

伊勢正三が『22才の別れ』を歌った後、因幡晃が大ヒットした『わかって下さい』を熱唱した。

美奈子はまた口ずさみ始めた。

私は目を閉じ、歌に聴き入った。

私が美奈子に手ひどく振られた時、この歌が巷《ちまた》に流れていたのだ。

私が美奈子と会ったのは、四十一年前、一九七五年のことだった。

私の会社は東銀座にあった。

昼休みに、たまたま入った銀座のデパートで、美奈子を見たのだ。彼女は、化粧品の販売員をしていた。当時の言葉で言えば、チャームガールだったのである。

一目惚《ぼ》れだった。くりっとした目、赤ん坊のような小さく突き出た唇。鼻はちょっと上を向いていて、いわゆる美人というよりはコケティッシュな女だった。

声をかけたい。だが、化粧品売場は〝女の園〟。あの独特のコスメの香りが漂うコーナーを通るだけでも足早になってしまうのだから、立ち止まって話しかけることなどできなかった。

仕事で外出した帰りに、何の用もないのに、そのデパートに足を運び、下りのエスカレーターから、化粧品売場を見て、美奈子を探すようなことまでした。客の顔にクリームか何かを塗っている美奈子を目にするだけで、胸がどきどきしていた。

どうにかして近づきたい。私は意を決して、口紅を買いにいくことにした。昼休み、食事もせずにデパートに向かった。他のチャームガールに相手されても何の意味もないので、遠くから、美奈子の様子を見、彼女が客の相手を終わったのと同時に、急いで美奈子のところに駆け寄った。

様子がおかしいと思ったのだろう、美奈子は怪訝《けげん》な顔で私を見ていた。胸に名札をつけていた。横地美奈子。名前だけはしっかりと記憶した。

「口紅を買いたいんですけど」

「お色は？」

「さあ。僕がつけるわけじゃないんで」

美奈子が口許《くちもと》を押さえて短く笑った。「それは分かりますが、相手の方、普段はどんな色のものをお使いなんです？」

「あなたがつけているような感じのものです」私はろくに美奈子の顔も見ずにそう答えた。

「じゃブラウン系ですね」

「そ、そうです」

美奈子がにっこりと笑ってうなずいた。「相手の方、ナチュラルなメイクをなさっているのかしら？」

「ナチュラルなメイク？」

「そんなこと、男性の方に言っても分かりませんよね。世の中、自然志向が強くなったでしょう？　ですから、できるだけ自然に見せるお化粧が今の流行りなんです。ブラウン系の口紅は、そういうお化粧に合うんです」

私は美奈子を見つめた。「あなたの化粧がそうなんですか？」

「ええ」

確かに美奈子の化粧は派手ではなかったが、ナチュラルなメイクがどんなものかは、彼女の顔を見ても、さっぱり分からなかった。

「じゃとりあえず、あなたがお使いになってる口紅を下さい」

「はい、分かりました。プレゼント用にお包みしますね」

「お願いします」そう答えながら、私はハンカチで首の辺りの汗を拭《ふ》いた。五月の半ば。汗をかくような季節ではなかった。

「こういうところに来るのは初めてなものですから。緊張しちゃって」

訊かれてもいないのに、私は、商品を包んでいる美奈子に笑いかけた。

「男の方がひとりで来られるのは珍しいです。何を選んだらいいか分かりませんものね。でも、素敵です。彼女の好みの口紅を知っていて、それを買いに来られた。相手の方、幸せですね」

今度は掌にじわりと汗が滲《にじ》み出た。美奈子の誤解を、ただ照れくさそうな顔をして受けていることにちょっと良心が痛んだ。

当初の計画では、買った口紅を、その場で彼女に渡し、デートに誘うつもりだった。何と言うかも考えてあった。しかし、美奈子を前にすると言葉が出てこなかった。

化粧品売場が他の売場よりも燦然《さんぜん》と輝いて見えた。私は、舞台に立ったはいいが、台詞《せりふ》をすべて忘れてしまった新米役者のように、ただショーケースの前につっ立っていただけである。

支払いをすませ、商品を受け取った私は、「お世話になりました」と頭を下げ、逃げるようにしてデパートを後にした。

しゃべり方も感じがいい。私の気持ちはますます美奈子に傾いていった。

その一週間後、私はまた美奈子に会いにデパートに行った。彼女の姿はなかった。休みらしい。翌日、行ってみると、美奈子は働いていた。今度はファンデーションを買った。美奈子がいろいろ説明してくれたが、難しい化学式を聞いているように何も理解できなかった。選んだファンデーションも、当然、美奈子が使っているものと同じだった。

「あなたは、化粧品会社から派遣されているんですか？」

「ええ」

「残業とかはあるんですか？」

「それはありませんけど、定期的に講習を受けなければならないので、店が終わった後に会社に出ることはあります」

「あのう……」

「何でしょうか？」

誘いの言葉を口にしようとした時、美奈子に他の客が話しかけてきた。

「いや、何でもありません」

仕事の邪魔をしたくなかった私は、その時も何も言えずに、その場を離れた。

当時はデパートの閉店時間は午後六時だった。

ファンデーションを買った日、デパートの周りを探った。従業員の通用口と思える場所がデパートの裏側にあった。

その日は残業もなく、早く帰れた。デパートが閉店する時刻を見計らって、私は、通用口の見える場所に立った。

六時半をすぎた頃から、売り子や社員が次々と通用口から出てきた。美奈子らしき女が路上に現れたのは六時四十五分をすぎた頃だった。

辺りはすでに夜の色に染まっていた。

彼女には連れがあった。若い男と一緒に表通りに向かって歩いていく。連れがあるのでは、目的は果たせない。それに、ふたりは今からデートをするのかもしれない。

しかし、行き先だけは見届けたい。私は後をつけてみることにした。

大通りに出たところで、ふたりは立ち止まった。男は東銀座の方に歩き出し、美奈子は銀座四丁目の方に向かった。

私は美奈子を追った。地下鉄の入口のところで彼女に追いついた。

「こんばんは」走ってきたものだから挨拶《あいさつ》をした私の息が少し乱れていた。

「ああ、あなたは……」美奈子が眉《まゆ》をゆるめ、くりっとした目を瞬かせた。

「やっぱり、あなたでしたね」

私は偶然会ったような振りをした。

「ファンデーション、彼女、気にいられました？」

「まだ渡してないですよ。今日の今日ですから」

「あ、そうだったわね」

「これからお帰りになるんですか？」

「ええ」

「お急ぎでなかったら、お茶でも飲みませんか？」

美奈子が困った顔をした。「それはちょっと……」

私は慌《あわ》てて、名刺を取り出すと彼女に渡した。「怪しいものではありません」

美奈子は受け取った名刺に目を落とした。「僕はあなたに謝らなければならないことがあるんです」

美奈子の眉根が険しくなった。「私に謝ること？」

私は大きくうなずいた。「三十分でいいですから、僕に付き合ってもらえませんか？」

「今から私、友だちに会うんです」

「じゃ、時間のある時でいいですから、会社に電話をくれませんか」

「謝らなければならないことって何ですの？」

「大したことじゃないんですが、一言では言えなくて。電話を待ってます」

それには答えず、名刺をバッグにしまうと、美奈子は浅く頭を下げ、地下鉄の階段を降りていった。

翌日、美奈子からの電話を待ったが、かかってこなかった。翌々日、その次の日も期待は裏切られた。十日をすぎた頃、私は諦《あきら》めた。今更、のこのことデパートに顔を出すわけにはいかないし、通用口で待っているなんてことをしたら、気持ち悪がられて、警備員を呼ばれるかもしれない。

私は、宣伝で見た腕時計を買った。いろいろな機能のついているデジタル時計。日付に曜日、そしてストップウオッチのついているものだった。値段は五万五千円もしたが、躊躇《ちゅうちょ》なく購入した。買い物が鬱々《うつうつ》とした気持ちを少しは晴らしてくれることを、その時知った。

美奈子から電話があったのは、同僚に自慢げに見せていた時計にも飽きた頃だった。

「どうも、お久しぶりです」私の声は明らかに緊張していた。

「今日でしたら、仕事が終わった後にお会いできます」美奈子の口調は固かった。

「お食事でも」

「それはけっこうです」

歌舞伎座の近くにある小さな喫茶店で会うことにした。同僚との飲み会の予定があったが、急用ができたと言って断った。

喫茶店には美奈子が先に着いていた。黒地に白っぽい小さな花がプリントされているドレスを着ていた。

「平間《ひらま》聡介《そうすけ》と言います」私は改めて自己紹介し、来てくれた礼を言った。

美奈子も名乗った。

「連絡はもらえないだろうと諦めてました」

「私もするつもりはなかったんですけど、やっぱり、気になって。早速ですが、謝らなければならないことを教えていただけますか？」

私は鞄《かばん》の中から、美奈子から買った口紅とファンデーションを取りだし、テーブルの上に置いた。

「これは……相手の方、気に入らなかったんですか？」

「贈る相手なんていません。いるような振りをしただけです」

「どうして？」

私は煙草《たばこ》に火をつけた。しかし、一、二服吸っただけで、すぐに消してしまった。

「自社の商品をもらってもしかたないでしょうが、口紅もファンデーションも差し上げます」

「……」

「僕は、その……。あなたをデパートで見た時、あなたに話しかけたいと思ったんです。でも化粧品売場だから、おいそれとは近づけなかった。買い物をすれば話せる。あなたと個人的に会えることがあったら、本当のことを話して、これを受け取ってもらおうと思ったんです。謝らなければならないことというのはそのことだったんです。すみませんでした」私は深々と頭を下げた。

「よく分かりました。頭を上げてください」

私は言われた通りにした。そして、美奈子を見て、薄く微笑《ほほえ》んだ。

美奈子も微笑み返してきた。

「許してもらえたと思っていいですか？」

「ええ。私、もっとすごいことかと思ってました」

「もっとすごいことってどんなことかなあ」

「いろいろ想像しました。たとえば、平間さんが、私の腹違いの兄とか」

「はあ」

美奈子がくくっと笑った。「私って変でしょう」

「想像力がありすぎますね」

笑ってそう答えた私だったが、そんな想像を生み出す何かが、彼女の家庭にあるのではと思った。

しばし沈黙が流れた。

私は姿勢を正し、まっすぐに美奈子を見つめた。「横地さん、お付き合いしている人がいるんだったら教えてください。諦めるんだったら早い方がいいですから」

「そんな人いません」

「じゃ、これからも僕と会ってくれますか？」

美奈子は小さくうなずき、紅茶を飲み干した。

その日はそれで別れたが、翌週、一緒に映画を観にいった。観た映画は『タワーリング・インフェルノ』だった。超大作パニック映画。文句なしに愉《たの》しめた。

丸の内ピカデリーで観たので、有楽町近くのドイツ料理屋で食事をした。フランクフルトソーセージにサーモンのマリネを頼み、ビールで乾杯した。

その時、初めて彼女の歳を訊いた。私のふたつ下、二十三歳だという。

「僕は昔からスティーブ・マックイーンのファンなんだよ」私はフランクフルトソーセージを食べながら言った。

「私は違うわ」

「誰が好きなの？」

「今日の映画に出てた人の中にいる。当ててみて」

「ポール・ニューマンだね」

美奈子が首を横に振った。

「リチャード・チェンバレン？」

「違うわ。私が好きなのはロバート・ボーンよ」

「じゃ、『0011ナポレオン・ソロ』は欠かさず視てたんだね」

「あのテレビドラマを視て好きになったの」

「僕の周りの女の子でも、あれを視てた子はいたけど、ロバート・ボーンが好きって子はいなかったな。もうひとりの主役、デビッド・マッカラムにきゃあきゃあ言ってた子はいたけど」

「私の友だちもそうだった。私がロバート・ボーン派だって言ったら、あんなオジサンくさい男のどこがいいのって、馬鹿にされてたけど、全然、気にしなかった」

美奈子は、アクションスターにも、アラン・ドロンのような美男俳優にも興味がないと言った。

ぐんと年上の落ち着いた男が好きらしい。そんな女から見たら、二つしか年上ではない私が子供に見えるのではないか、と出鼻を挫《くじ》かれたような思いがした。

しかし、次の発言で、私はちょっと安心した。

「私、スーツ姿の男にぐっとくるの。だから職業で言うとサラリーマンが好き。別に特別に恰好良くなくていいのよ。清潔できちんとしていてくれればいい」

「ってことは、僕でもいいってことかな」

「うん、あなたも合格よ」美奈子は目尻《めじり》をゆるめ、さらりとした調子で言った。

合格と言われた私は、意を強くし、毎週、美奈子をデートに誘った。美奈子と日にちが合わないことはあったが、断られたことは一度もなかった。

とりとめもないことを話しているだけなのに、時間はあっと言う間にすぎていった。

自然にお互いの家のことも話に出た。

美奈子の母親は門前仲町《もんぜんなかちょう》でスナックをやっているという。

「私んとこは母子家庭でね。私、父親の顔を知らないの」

「どんな人かも？」

美奈子が首を横に振った。「私が生まれた頃、お母さん、池袋の飲み屋で働いてたんだけど、おそらく、相手はそこのお客さんで、妻子がある人だった。私はそう思ってる。お母さんが私に言ったことはひとつだけ。〝一緒にはなれなかったけど、私とあんたのお父さんは恋に落ちたのよ。遊びじゃなかった。真剣なお付き合いだった。それだけはあんたに教えておきたい〟って言ったの」

「お母さん、その後、結婚しなかったの？」

「ずっとひとりよ。ひとりで私を育ててきた」

「お父さんを探したいって思ったことないの？」

「両親がそろってる友だちを見ると、羨《うらや》ましいって、ちょっと嫉妬《しっと》したことはあったけど、お父さんを探そうとは思わなかったな。お母さんは、真剣な恋だったって言ってたけど、相手がどう思ってたかは分からないし」

母親が水商売をやっていたことで、美奈子は子供の頃から、いろいろな大人の男を見る機会があったに違いない。ごく普通のサラリーマンを男の理想としているのも、その影響かもしれない。

住まいは江東区白河だった。ずっと母親と一緒だったが、一昨年から、ひとり暮らしを始めたという。

「お母さん、仕事柄、帰りが遅いでしょう。私、毎晩、起こされてた。それでは私の躰《からだ》が保《も》たないから引っ越したの。でも、お母さんの近くには住んでるから、しょっちゅう会ってるけどね。聡介さんって、お坊ちゃんくさいけど、きっとお家がいいのね」

「とんでもない。普通のサラリーマンの家だよ。親父《おやじ》は、つまらないくらいに真面目《まじめ》で、酒も飲まないしギャンブルもやらない。趣味は庭いじりと読書。男のくせにハイネの詩集を読んでるような人間なんだよ。本を読んでない時は、テレビばかり視てる」

「お母さんは？」

「僕にとってはいいお袋だよ。成績が落ちても、〝次に頑張ればいいよ〟って言うような人だったからね。親父と僕が喧嘩《けんか》すると、いつも僕の味方をしてくれたし。夫婦仲はいいんだか悪いんだか、よく分からない。ほとんど話をしないし、ふたりで旅行に出ることもないし、僕から見たら、どうして一緒になったんだろうって思うような関係だよ」

「それは仲がいいって証拠よ」

「そうかな。波風が立たないのはいいことだけど、僕は結婚したら、会話もない夫婦関係にはしたくないな」

「それは私も同感ね。いつも一緒にいて、楽しいことやってるのが理想ね」

そう言った美奈子を私はじっと見つめた。

「どうかした？」

「いや、何でもない」

美奈子に対する恋情は募るばかりだった。美奈子が自分に好感を持っているのは間違いないが、それ以上の気持ちがあるかどうかは分からなかった。

知り合って三ヶ月ほど経った或る日、私は美奈子に手紙を書き、偽りない心情を綴《つづ》り、旅行に誘った。

その手紙はデートをした帰りに手渡した。その三日後、会社に美奈子から手紙が届いた。

自分に想《おも》いを寄せていると、はっきりと書かれてあった。

幸福感に包まれた私は、その手紙を何度も何度も読み返した。

九月の終わり、レンタカーを借りた私は、美奈子を連れて葉山に出かけた。江ノ島にも寄ったし、長者ヶ崎で夕日も見た。

海岸沿いにあるホテルを取った。そこで私と美奈子は結ばれた。

行為に及ぶ前、美奈子が窓から暗い海を見ながらぽつりと言った。

「私、初めてなの」

チャームガールのような派手な仕事をしていたら、過去に浮いた話のひとつやふたつはあるだろうと覚悟していた私は、大いに驚かされた。処女でなければなんて気持ちはさらさらなかった私だが、相手が未経験と聞いて緊張が解けた。

旅行から帰った後は、よくホテルを利用するようになった。

結婚のことを真剣に考え始めたのは、翌年、七六年の春、桜が満開になった頃である。

自分の気持ちを美奈子に伝えると、彼女の表情が翳《かげ》った。

「何か問題あるの？」

「反対されるんじゃない。父親も知らない飲み屋の娘よ、私。ご両親、絶対いい顔しないわよ。あなたはひとり息子だし」

「そんなことで反対しないと思うけど、仮にされても僕は気にしない。僕と美奈子の気持ちだけが問題なんだから。美奈子、僕と結婚する気ある？」

「聡介さんとだったらうまくやっていけると思う。でも、今の仕事、辞めるのは……」

「続けていいよ。親と同居する気はないから、どこかにマンションでも借りよう。だから気兼ねなく働きに出られるよ」

美奈子の目が潤《うる》んできた。

「どうした？」

「私に、こんな幸せがくるって思ってなかったから」

「ふたりでずっとやっていこう」

美奈子はハンカチで涙を拭きながら、うなずいた。

翌日の夜、私は両親を居間に呼んだ。

父が煙草に火をつけた。「話って何だ」

「俺、結婚しようと思って」

お茶を淹《い》れていた母の手が止まった。「時々、電話してくる人？」

「うん。デパートの化粧品売場で働いてる、今年二十四になる人」

「お付き合いしてどれぐらいになるの？」そう訊いてきたのも母だった。

「知り合ったのは去年の五月だよ」

「じゃまだ一年も経ってないのね」

「長く付き合えばいいってわけじゃないでしょう？」

「電話での感じはとてもいい人だったわね」

「で、その親は何をやってるんだ」やっと父が口を開いた。

「彼女のところは母子家庭で、彼女は父親の顔を知らないんだ。母親は門仲でスナックをやってる」

「飲み屋の娘か」父の顔が歪《ゆが》んだ。

「親が何をやっていようが、関係ないじゃない。犯罪者だっていうんだったら話は別だけど。苦労してきたから、人の気持ちがよく分かるいい子なんだ」

「お父さん、結婚するのは私たちじゃないんですから、親が何をやっていようが」母が助け船を出してくれた。

「それはそうだが、お前はひとり息子。この家を継ぐ人間だ。私たちの面倒をみろとまでは言わないが、お前の結婚相手には、家のことをいろいろやってもらわなきゃならない」

「飲み屋の女の娘だから、それができないって思ってるの？　偏見だよ。それに、そんなこと今、話さなくてもいいでしょう。ふたりとも元気なんだし。ゆくゆくは親父とお袋の面倒は僕が見ることになるだろうけど、彼女には迷惑をかけないようにしたいと思ってる」

「結婚したら、ここを出ていくのか」

「そのつもりだよ」

「その子の名前は？」父が訊いてきた。

「横地美奈子って言います」

父は腕を組み、躰を椅子《いす》の背もたれに倒した。「お前、向こうの母親に会ってるのか」

「会ってないよ。店の場所も知らないし」

「ともかく飲み屋の女はいかん。家に入れるわけにはいかない」父が強い口調で言った。

「お父さん、彼女は飲み屋で働いてはいないよ」

「そんなことどっちだって同じだ。とても賛成できる話じゃないな」

「そんなこと言わないで一度会ってよ。会えば、彼女の良さが分かるから」

「お父さん、そこまで頑《かたく》なになることはないでしょう。聡介が言うんだから、一度会いましょうよ」

「話はそれだけか」

「ええ」

「俺は絶対に許さない。素性の知れない女を家に入れるわけにはいかん」

「家には入れない。ふたりで住むんだから」

「口ごたえするな！」

声をあらげた父は居間を出ていった。

「聡介、お母さんがお父さんを説得してみるけど、その前に、彼女に会わせて」

「もちろん、いいよ。彼女と相談していつにするか決めるよ。でも、親父がどれだけ反対しても、僕は彼女と一緒になるから」

母は私をじっと見つめて、柔和に微笑んだ。そして、つぶやくように言った。「好きな人と一緒になるのが一番よ」

母の言葉に私はどんなに救われたか。

翌日は日曜日だったが、美奈子は仕事があったので、彼女の仕事が終わった後、喫茶店で会った。

言いにくいことだったが、父親に反対されたことを正直に教えた。

「やっぱり、うちが母子家庭で、飲み屋をやってることが問題なのね」

「親父は酒が飲めない。飲み屋にもほとんど行ってないと思うんだ。だから、偏見があるんだよ。でも、お袋は、僕の味方だよ。それにこの間も言ったけど、誰が何を言おうが僕の気持ちは変わらない。いや、むしろ、反対があった方が燃えるね」

「私、今日、帰ったら、お母さんに話すつもり」

「もしも、お母さんが反対したら？」

「私のお母さんは、いい人を見つけたって喜んでくれると思う」

「近いうちに、お母さんにご挨拶しなきゃね。お母さんの店にも行ってみたいな」

「店には行かなくていいわよ。場末のスナックだから。それよりも心配なのは、お母さんが寂しがること。二人暮らしが長かったからね。借りるマンション、門仲でいい？」

「問題ないよ。門仲だったら会社に通うの、今よりも便利になるし。まずお袋に会わせたいんだけど、俺、火曜日から北海道に出張なんだ。釧路と苫小牧に行って、金曜日には戻ってくる。お袋に会わせるのは来週だな」

「ちょっと緊張するな」

「大丈夫だよ。お袋、優しいから。お母さんと話したら、俺に電話くれる？」

「家にはしづらいから、明日、会社にする」

その夜は食事もせずに別れた。

翌日の夕方になって美奈子から会社に電話が入った。

美奈子の声を聞いただけで、何かあったと思った。会って話をしたいという
退社後、会うことにした。美奈子は日比谷公園を待ち合わせの場所に指定した。
美奈子の母親も結婚に反対しているらしい。しかし、それほど気にしてはいなかった。

大噴水の前で待っていると美奈子がやってきた。

「どうした？　そんな暗い顔して。お母さん、何で反対なの？」私は努めて明るい声で訊いた。

美奈子は俯《うつむ》いたまま黙っている。

私は美奈子を誘ってベンチに座った。そして、夜空を見上げた。「何を言われても驚かないから」

「結婚、諦めて」

「いきなり何だよ。美奈子の気持ちは……」笑えることではないのに、私は口許をゆるめてしまった。

「私の気持ちに変わりはない。お母さんが末期ガンなの。昨日、初めて知ったのよ。末期ガンの母を放って、あなたと一緒になることはできない。お母さんの世話ができるのは私しかいないもの」

「それはそうかもしれないけど、結婚しても、お母さんの世話はできるじゃないか。美奈子が仕事を辞めても、僕は食わせていけるし、僕がいた方が、美奈子も安心してお母さんの面倒がみられるじゃないか」

「そんな女との結婚、あなたのご両親が喜ぶはずないでしょう？」

「彼らは関係ない」私は強い口調で言った。

「ともかく、結婚は無理なの。ごめんなさい」

美奈子は弾《はじ》かれるように立ち上がると、足早に去っていった。

「おい、ちょっと待てよ」

私は美奈子の後を追った。美奈子に追いついた私は、彼女の前に立ちふさがった。

「いきなり、結婚できないじゃ、俺の気持ちはどうなるんだよ」

「分かった。あなたが出張から戻るのは金曜日よね」

「うん」

「土曜日に会いましょう。仕事が終わってからいつもの喫茶店で」

それまで待てる気分ではなかったが、固い表情の美奈子を見ていたら、受けるしかないと思った。

出張中も美奈子のことが頭から離れなかったが、何とか仕事をこなし東京に戻った。

　翌日、早めに銀座に向かい、デパートに入った。美奈子の姿はなかった。仕事をしていると言っていたはずだが。

　私は、美奈子の働いているコーナーに行き、チャームガールに美奈子のことを訊いた。

「横地さん、お辞めになりましたよ」

「辞めた？」

「ええ、詳しいことは知りませんけど、突然、退職届を出したって聞いてます」

　目の前が真っ暗になり、気づいたら銀座通りをただただ歩いていた。

　美奈子の住所も電話番号も知っていた。まず家にかけてみた。電話は繫《つな》がらなかった。

　待ち合わせした喫茶店に行き、二時間待ったが、美奈子は現れない。

　店には有線放送が流れていて、因幡晃の『わかって下さい』が聞こえてきた。美奈子が大好きだと言ってよく歌っていた曲である。

　喫茶店を出た私はタクシーに乗った。

　住まいの近くに清澄《きよすみ》庭園があると聞いていたので、清澄庭園を取りあえず目指した。

　正確な住所は、江東区白河一丁目××である。運良く運転手がその辺りのことをよく知っていた。清澄三丁目の交差点で降り、徒歩で白河一丁目に向かった。

人に訊きながら、美奈子の住んでいる〝桜第一ハイツ〟を探した。見つけるのに一時間ほどかかった。〝桜第一ハイツ〟は路地の奥に建つ古いアパートだった。外階段を上がり、二〇二号室を目指した。

郵便受けに、手書きで横地と書かれてあった。郵便受けから新聞がはみ出し、通路に落ちているものもあった。

ノックをしたが応《こた》える者はいなかった。電気も点《とも》っていない。郵便受けに無理やり差し込まれていた新聞の日付を調べた。火曜日から、美奈子はこの部屋に戻っていないらしい。

美奈子は突然仕事を辞め、家に戻っていない。

一体、どういうことなのだろうか。自分との結婚話が原因とは思えない。何か人には言えない秘密があったのか。

階段を上がってくる足音がした。中年の男だった。彼は隣の住人らしい。

「横地さん、しばらく家を空けてるようですが、どちらに行かれたかご存じないですか？」

「知らないな」

男はそっけなく答え、部屋に入っていった。

それから毎日のようにアパートを訪ねた。しかし、結果は同じだった。

美奈子からは何の連絡もなかった。

食事が喉《のど》を通らないほどのショックを受け、美奈子のことが心配でしかたがなかったが、次第に彼女に怒りを感じるようになった。

何があったかは知らないが、こんな別れ方はないだろう。

母親の経営するスナックを見つけてやろうという気持ちも起こった。しかし、店の名前も知らないから探しようがなかった。

いつまでも美奈子に拘《こだわ》っていると、自分の人生がおかしくなってしまう。私は忘れようと努めた。

両親には、彼女とは結婚しないとだけ告げた。

母は、どうしてと訊いてきたが答えなかった。

「俺が反対したせいか」

そう言った父には、黙って首を横に振った。

傷が癒《い》えるのには相当の時間がかかった。節子と出会って結婚したのは三十五歳の時だった。彼女と知り合うまでの約十年の間、どんな女にも近づかなかった。

謎《なぞ》を残して消えた女が、今、隣に座り、『わかって下さい』を口ずさんでいる。自分の正体は明かさないと決めたが、このまま別れる気にはなれなかった。

コンサートが終わった。

「来てよかったです」私が口を開いた。

「私も。昔のことをいろいろ思いだしちゃって」

「突然で、失礼かと思いますが、近くの店でお茶でも飲みませんか。隣同士になったのも何かのご縁ですから」そこまで言って、私は娘に視線を向けた。「どうです？私とお母さんの昔話に付き合っていただけませんか？」

娘は困った顔をして母親を見た。「お母さんさえよければ」

「男の人に誘われるなんて何年ぶりのことかしら」美奈子は嬉々《きき》とした調子で言い、こう続けた。「私、お腹《なか》が空きました。みんなで何か食べましょう」

私たちはスタジオを出た。娘がぴったりと母親に付き添っていた。

「お誘いしてこんなことを言うのも何ですが、私、あまり店を知らないんで……」

娘が私を見た。「私の知ってる店が近くにあります」

私たちは近くにあるダイニングバーに入った。三人でピザをつまむことにした。

「申し遅れました、私、関口と申します」

私は嘘《うそ》をついた。関口というのは妻の旧姓である。

美奈子の姓は南條《なんじょう》に変わっていた。娘は小野千里《ちさと》と名乗った。結婚しているらしい。

私と美奈子は白ワインをグラスで頼んだ。酒を飲まないという千里はジンジャエールにした。

飲み物がきた。千里が美奈子の手のところにグラスを持っていった。

「偶然の出会いに」私はそう言ってからグラスを口に運んだ。

「ああ、おいしい。私、滅多に外出しないので、たまにこういう場所で食事ができて嬉《うれ》しいです。見えないけれども、音楽が流れてるし、寛《くつろ》いだ人たちの雰囲気が感じられるし」

「外の空気は吸った方がいいですよ。お嬢さんがついていれば安心でしょう」

「毎日、散歩はしてます。賑《にぎ》やかな場所に行かなくなっただけです」

「会社を辞めてから、私も繁華街に出ることは少なくなりました。家でゴロゴロしてると、女房に嫌な顔をされるんですけど、行くところがなくて」

私は、自分にも娘がいることや、父親が認知症で施設に入っていることなどを話した。すると、美奈子も個人的なことを口にした。

五年前に夫がスキルス性の胃がんで他界し、その後は娘夫婦と同居しているという。

「……目が見えなくなったのは、七年前で、原因は緑内障を放っておいたからなんです。初めのうちは絶望して自殺も考えましたけど、今は、この状態にもすっかり慣れました。今日のコンサートに出演していた人たちも歳を取ってるはずだけど、私にはそれが見えないから、若かりし頃の彼らの姿が目に浮かんできました。そうしたら、昔のことが鮮明に思いだされて。関口さんが一番印象に残ってる曲は何でした？」

私はゆっくりとグラスを空け、美奈子を見つめた。「どの曲にも思い出が絡《から》みついてますが、一番は因幡晃の『わかって下さい』かな」

「私もです」

私は千里に目を向けた。「あの曲知ってました？」

「聞いたことのある曲ですが、よくは知りません」

「関口さん、どうしてあの曲が一番なんです？」

胸にざわめきが起こって、すぐには答えられなかった。

「女の人のことを思いだしてた。図星でしょう？」

「ええ」

「よかったら、どんな恋だったか聞かせて」

「人に語って聞かせるようなドラマチックな話じゃないんです。ごく普通の恋をして、ごく普通に振られた。それだけです」

「どうして振られたんです？」

「お母さん、そんなこと聞くなんて失礼でしょう？」千里が口をはさんだ。

「あ、そうだったわね。ごめんなさい。初対面だし、お顔も分からないんですけど、関口さんのこと、昔から知ってる人のような気がして」

「振られた理由はよく分かりません。相手が心変わりをしたからでしょう。振られた当時は辛《つら》かったけど、時が流れていくうちに、忘れてしまいました。久しぶりに、今日、思いだしましたがね」

「その人の消息は？」

「別れて以来一度も会ってません」つぶやくようにそう言ってから、がらりと調子を変えて美奈子に訊いた。「南條さんも、その頃、好きな人がいたんですね」

「結婚を約束した人がいました」

どうして別れたのか、と喉まで出かかったが、私は黙ってしまった。知りたいくせに、素性を偽ってまで真相を訊くことに躊躇《ためら》いを感じた。

彼女を騙《だま》すような真似《まね》までして、本当のことを知ったところで何も変わらないではないか。再会できたことだけで満足すべきだと思った。

「私の場合はちょっと複雑だから、聞かされる方が困ってしまうかもしれないわね。だからここまでにしておきましょう」

「お母さん、関口さんに聞いてもらったら」

千里の発言に驚いたのは私だけではなかった。

「ご迷惑になるだけよ。長い話だし」

「お嬢さん、その話を知ってるんですか?」

「父が死んでしばらくしてから、母が教えてくれたんです。それまでずっと誰にも言わなかったそうです」そこまで言って千里は母親に目を向けた。「お母さん、今、あの話をしたいって思ってるよね。話ができる機会なんて滅多にないんだから、すればいい。見ず知らずの人の方が話しやすいってことあるでしょう?」

美奈子が私の方に顔を向けた。「関口さん、聞いてくれますか?」

「いいですよ。時間はたっぷりあります。でも、その前に、ピザ、食べてください。冷えてしまいますから」

美奈子は皿に手をのばし、手でピザをつまんだ。私も千里もピザを口に運んだ。

私は美奈子が食べ終わるのを待った。

「私、その人とデパートで会いました。当時、私、銀座のAデパートで化粧品の販売をやってたんです」

「今は死語だろうけど、チャームガールってやつですか」

「その通りです」

美奈子は、男がどうやって彼女に接近したかを話した。観た映画も行ったレストランも、すべて間違いなかった。

「結婚を申し込まれた時、私は母に、その人のことを話しました。名前を教えるまで、母は、いい人が見つかったね、と喜んでました。ところが名前を教えた途端、急に猛反対されたんです。話を続ける前にお教えしておかなければならないことがあります。私、父親の顔すら知らずに育ちました。どんな人かも名前も知らなかった。聞いていたのは、その人と恋に落ちたということだけでした。なぜ、反対するのかと理由を問いただすと、母が言ったんです。その人は、あなたの父親の子供だって」

「まさか、そんな」私はつい声を荒らげてしまった。

胸苦しくなってきて、手にしていたピザを口に運ぶことができなかった。

千里は黙って俯き、ピザを食べていた。

美奈子は小首を傾《かし》げた。

「すみません。あまりにもびっくりしてしまって」私は笑って誤魔化した。「でも、確かなことだったんですか？」

「ええ。その方、平間さんというんですが、お父さんは石油元売り会社のサラリーマンだと聞いてました。母は、私の父の名前をそこで明かし、何をやっている人か、どこに住んでいるかも教えてくれました。彼のお父さんの名前は聞いてませんでしたが、後のことはすべて彼が私に話したことと一致してました」

ふと思いだしたことがある。初めて喫茶店で会い、美奈子に隠していたことを教え、謝った時、美奈子は、もっとすごい秘密を打ち明けられるかと想像し、私が腹違いの兄かもしれないとも考えたと言っていた。

あの時は、馬鹿げた話だと一笑に付したが、当たっていたらしい。

私はグラスを一気に空け、お替わりを頼んだ。

「私にも」

美奈子に言われ、彼女の分も注文した。

「彼にその話はしなかったんですか？」私は淡々とした調子で訊いた。

「出来ませんでした。彼が知ってもどうにもならないことでしょう？　真相が分かったら、彼は、きっとお父さんにそのことを教えたはずです。彼の家庭に波風を立てても何にもならないですから」

あの時、事実を知ったら、自分はどうしていただろうか。美奈子に対する熱情が、冷めるはずもなかったろう。籍に入れず、子供さえ作らなければいいと考え、一緒に住もうとしたはずだ。

今から思えば、それは暴挙としか言いようのない行為だが、あの時は真《ま》っ直《す》ぐに突っ走っていた気がする。

「私、母が末期ガンだから世話をしなければならないという大嘘をついて別れようとしました」

「それで相手は納得しました？」

「いいえ。どうしようもなくなった私は、母と相談し、彼の前から姿を消すことにしたんです。ちょうど彼が出張で東京を離れている間に、仕事も辞め、当時住んでいたアパートにも戻りませんでした。私の気持ちを伝えたい。分かってほしいと思いました。でも、絶対に話せない。ですから、ああする外なかったんです」

「彼はあなたを探したでしょうね」

「私のアパートに何度も来ていたのは、引っ越しの際に、隣の人から聞きました」

「仕事を辞め、住まいにも戻らない。あなたも大変だったんですね」

呆然《ぼうぜん》としてしまった私だが、心模様を隠してこうつぶやいた。

「十日ばかりひとり旅に出ました。彼と旅行した葉山にも行きました」

「それからも東京に？」

美奈子が首を横に振った。「富山に住んでいた母の兄を頼って、向こうに移りました。そこで、仕事で来ていた夫と会ったんです」

美奈子が真実を語っているのは疑いようがなかった。しかし、あの酒も飲まず、会社と家を往復するだけの人生を送っていた父親が、美奈子の母親と恋に落ちていたなんてまるで実感が湧かなかった。

「お母さんの相手、つまり、あなたのお父さんは、子供ができたことは知ってたんでしょう？」

「いいえ。身籠《みご》もっているのを知ったのは別れてからだと母は言ってました。出会った時から、家庭のある人だと知っていたから、黙って身を引いたそうです」

私が結婚の話を両親にした時、父は、横地という名前を聞いて、美奈子が自分の付き合っていた女の娘かもしれないと勘を働かせたのだろう。だから、猛烈に反対した。しかし、まさか、その娘が自分の子供だとは知らなかった。知っていたら、何が何でも、私と美奈子の仲を引き裂かなければと焦《あせ》ったはずだ。そして、美奈子の母親がやったように、本当のことを私にだけは話さなければならなくなっていただろう。

しかし、今となっては、美奈子と異母兄妹だったことなどどうでもよかった。あの時、愛した女が目の前にいる。そのことしか頭になかった。

「これで私の話はお終《しま》いです」美奈子が柔和に微笑んだ。「私の気持ちを伝える機会はないし、今さら、そんなこと言う気もないですが、彼と別れた頃に、『わかって下さい』が流行ってたから、今日、聴いていたら、四十年前のことが甦《よみがえ》ってきて、瞼の中の彼に、何度もそう言いました」

「こんな言い方も変ですが、いい話を聞かせてもらいました」

「同世代の人に話せてよかった。映画も音楽も分かってくれる人ですから」

「『タワーリング・インフェルノ』。私も観てます。私はスティーブ・マックイーンのファンでしたから」

「彼もそうだったわ」美奈子の声が弾んだ。

そして、あなたはロバート・ボーンが好きだった。私は、心の中でそうつぶやいた。

「お母さん、そろそろ」千里が口を挟んだ。

「今、何時かしら」

「十一時少し前です」答えたのは私である。

「もうそんな時間。私、長々しゃべってたのね」

私は会計をするために、席を立ち、レジに向かった。千里が私を追ってきた。

「支払いは私に任せてください。お誘いしたのは私ですから」

「それじゃ、お言葉に甘えます」

千里はてっきりすぐに席に戻ると思ったが、私の斜め後ろに立っていた。私は金を払いながら、曖昧《あいまい》な笑みを浮かべ、彼女を見た。

千里が真剣な顔で私を見つめている。

「どうかしました？」

「間違えていたらごめんなさい。あなたが、母が話していた平間さんでしょう？」

動揺した私は、受け取ったお釣りを床に落としてしまった。千里が拾うのを手伝ってくれた。

「私、母が葉山に旅行した時の写真を見ました。最初は分からなかったんですけど、途中で気づいたんです」

私は腰を上げ、千里を見ずにうなずいた。「コンサートを聴いてる時に、こっちは美奈子さんだと分かったけど、正体を明かせなかった。あなたが一緒だったし、私だと分かったら困ると思って。でも、あのまま別れる気にはなれずにお誘いしたんです。

お母さん、私だと気づいたかな」

「気づいてない気がしますが、何かを感じてます。不思議な何かを」

「これはあなたと私の秘密にしておいた方が」

「遠い将来に話すことはあっても、今は黙っています」

私は美奈子に目を向けた。美奈子はじっと動かずに席に座っていた。

私は千里の後について美奈子のところに戻った。

「遅かったわね。何をしてたの？」

「関口さんに御馳走《ごちそう》になったわ」

「それはどうも」美奈子が頭を下げ、腰を上げた。「関口さん、とても楽しい一夜でした。ありがとうございました」

「こちらこそ」

「関口さん、私、あなたの声をどこかで聞いたことがあるような気がしてます」

「こんな声、ざらにありますからね」

「どんなお顔してるのか知りたいわ」

「どこにでも転がってる顔ですよ。でも、見せてあげられたらよかったって思ってます」

「触らせてもらっていいかしら」

「……」

「やっぱり、駄目ね。変なこと言ってごめんなさい」

「いいですよ、触ってください」私は美奈子の手を取り、頬に運んだ。

美奈子の両手の指先が頬を軽く揉《も》むようにして、顎の方に降りていった。

私は目を閉じた。

「チャームガールをやってた頃を思いだすわ。お客様の顔によく触れてましたから」

「ケアなんかしてないから荒れてるでしょう?」

「関口さん、おいくつ?」

「六十六です」

「お歳のわりには肌に張りがあるわ」

唇と鼻に触れられた。

美奈子、君が今、触ってるのは平間聡介の四十年後の顔だよ。

感極まった。涙を堪《こら》えるのに必死だった。しかし、瞼の中に湧き出た涙が目頭を熱くした。涙は止まらない。

私は、美奈子から躰を離した。「もういいでしょう。これ以上、触られると照れくさい」

「失礼しました。でも、どんなお顔立ちか大体分かったわ」

美奈子は横を向いたままそう言った。口許が微笑んでいる。

美奈子の向こうに千里が立っていた。彼女も口許を押さえ、声を殺して泣いていた。

私は大きく深呼吸してから、「さあ、行きましょう」と何事もなかったような声で言った。

美奈子たちはタクシーで帰るという。私が空車を拾い、ふたりをタクシーに乗せた。

美奈子が手探りで窓を開けた。

「お目にかかれてよかった」喉に言葉を詰まらせないように気をつけ、私は口早に言った。

「私もです」

「お休みなさい」

美奈子がにっこりと微笑みうなずいた。

タクシーが動き出すと、千里が深々と私に頭を下げた。

美奈子は見えない目を私の方に向けていた。

私はタクシーが姿を消すまで、その場に立っていた。

美奈子はひょっとすると、誰と話していたか気づいていたのかもしれない。いや、どうだろうか。私の方は美奈子の心の裡《うち》が見えなかった。

真っ直ぐに家に戻る気にはなれず、夜の街をぶらついた。

明日は、父に会いにいく日である。

美奈子の母親の名前は知らない。だが、横地という女の話を父にしてみるつもりでいる。何かを思いだすか、すべて忘れてしまっているかは分からない。いずれにせよ、何の反応も示さない気がした。

面白みのないサラリーマン人生を送ってきたと思い込んでいた父が、誰にも言えない秘密の恋をしていた。

あの堅物がどんな恋をしたのか興味が湧いたが、それを知ることは不可能である。しかし、萎縮《いしゅく》した脳のどこかに、美奈子の母親とのことが仕舞い込まれているはずだ。父を見る目が変わるだろう。恋の話を折に触れてしてやろう。相手が認知できないのだから、却《かえ》ってとてもしゃべりやすい。

美奈子との再会も、彼女の目が見えていたら、展開が大きく変わっていたはずだ。同じ話になったとしても、もっと生々しいものになっていただろう。

彼女が盲目になったことに同情しつつも、見えないことが幸いしたと私は思った。

美奈子にとって、平間聡介とのことは今も深い霧の中にある。脳が萎縮している父の過去と同じように。

思いもよらない真相を知った私だが、気持ちは穏やかだった。ささくれ立った過去も、長い間波に洗われ、丸くなった石のようなものに変わっていた。

いつしか私は『わかって下さい』を口ずさんでいた。

白い息が立ち上り、私の小さな声を風がさらっていった。胸がじんじんと鳴っている。

私のスマホにメッセージが入ってきた。娘からだった。

〝コンサート、どうだった？〟

〝とても楽しかった。お前のおかげだよ。昔を思いだして、夜の街をぶらついてるんだけど、もうすぐ帰るよ〟

返信し終わると、空車に手を上げた。

小さな秘密を胸にしまい、私の人生にとって一番大切な場所に向かって、私はタクシーを走らせた。

白いシャクナゲ

この春は、シャクナゲの花つきがすこぶるいい。これまでとは大違い。淡紅色の蕾《つぼみ》が、いくつも膨らみ始めていた。

三年前に、近所の人が庭の一部を潰《つぶ》して、家を建て替えた。その際、シャクナゲを処分するのがもったいないので、うちの庭に植えたらどうかと勧めてきた。そんなに大きな庭ではないし、日当たりもよくないので、それほど気乗りはしなかったが、相手の熱心さに負けて運んでもらうことにした。庭が狭くなっただけで、ほとんど花は咲かない。やはり断るべきだったと後悔したが、今更戻すわけにもいかず、そのままになっていた。

「急にこんなに咲いたのは、気温が高いせいかな。それともやっとうちの土壌に馴染《なじ》んだせいかな」私は朝食の時、窓の外を見ながら可南子《かなこ》に言った。

「多分、その両方じゃないかしら。うちのシャクナゲって、満開に近づくにつれて赤い色は消え、白い花に変わるものみたいね」

恋をしている時が赤で、白に変わった時が結婚か。そんな冗談が頭に浮かんだが、何も言わずに茶を啜《すす》った。

娘の可南子に好きな男ができ、六月には結婚すると聞かされたのは、シャクナゲが蕾をつけたかどうかなんて気にならなかった三月のことである。

相手の平山雅之が勤めている化学会社は、瞬間接着剤の大手だそうだ。技術者として入社したが、今は総務部で人事を担当している。出世コースを歩んでいるらしい。

気持ちを私に打ち明けた翌々日の日曜日、可南子は、平山を家に連れてきた。がたいの大きな男だった。武者人形のような凜々《りり》しい眉《まゆ》は、口を開くと思い切りへの字に曲がる。そのギャップが面白くて、私はついしげしげと見つめてしまった。

それに気づいた平山が、手で顔を拭《ぬぐ》ってから、指先に目を落とした。何かついているのかもしれないと思ったらしい。

「平山さんについてのおおよそのことは可南子から聞いています。来月三十七歳になられるんですよね」

「はい」

出身は岐阜県で、姉と弟がいる。父親は銀行員だったが、退職後は地元で喫茶店を経営しているという。実際に店を仕切っているのは弟夫婦だそうだ。

「お義父上のことは可南子さんから」私が話し終えると、平山が真《ま》っ直《す》ぐに私を見て口を開いた。

私は可南子に目を向けた。「どんなことを話したんだ？」

「うちのことはすべて」

「お義父上はゴルフはやらないけれど、麻雀《マージャン》はお強いそうですね」

「君は麻雀をやるんですか」

「下手ですけど好きです」

「彼とはね、雀荘で知り合ったの」

平山がきょとんとした顔をした。「その話まだしてなかったんだね」

可南子がふっくらとした頬に笑みを溜《た》め、茶目っ気たっぷりの目で私を見た。「今日までわざと黙ってたの」

可南子は広告代理店に勤めているのだが、彼女の先輩と平山が大学の時の同期だった。平山が先輩に、麻雀をやりたがっている女性社員がひとりいるので付き合ってほしいと頼んできた。それで先輩が数合わせに可南子を誘った。卓を囲んだことが縁を結んだということだ。

「その時、私、大勝ちしたのよ」可南子が得意げに笑った。

「お義父上に、しこまれたと言ってました」

家に学生時代の友人を呼んでよく麻雀をやっていた時期があった。高校に上がった頃だったか、可南子が麻雀を習いたいと言った。ルールなど基本的なことを教えてから、仲間に付き合わせ、実践トレーニングを何度も行った。私は娘が可愛《かわい》くてしかたがなかった。

だが、私と可南子の関係はちょっと特殊である。可南子は、妻の美幸《みゆき》の連れ子で、私とは血の繋《つな》がりはない。おまけに美幸は、可南子が子供の頃に他界した。その後、ずっとふたり暮らしなのだ。

家事は、仕事をしていない私がやったが、可南子も手伝ってくれた。

可南子は私に懐《なつ》いていた。母親が死んでからは相談相手も私となった。学校で嫌なことがあった時は、私の部屋に入ってきて、ベッドの背もたれに躰《からだ》を預け、膝《ひざ》小僧を抱いて、泣いたこともあった。思いの丈をぶちまける可南子に、優しい言葉をかけながら、彼女の気持ちが鎮《しず》まるのを待つのが私の役目だった。

私たちはよく食事や映画を観《み》に出かけた。ディズニーランドにも何度も一緒にいった。初めて携帯をもった時、可南子は私にストラップをプレゼントしてくれた。それは可南子とお揃《そろ》いのものだった。

私は当然父親として可南子に接していたが、本当の父親ではないという意識が消えることはなかった。

可南子は成長するにしたがって、母親に似てきた。ちょっと鼻にかかった声がまず最初に似てきて、気づいたら、二本の前歯の反り方がそっくりになっていた。

そんな可南子を女として見ている自分に気づいた。ぞっとして、存在感を増した可南子の尻《しり》から目を背けたこともあった。

美幸の面影を彷彿《ほうふつ》させる可南子の存在は悩ましかったが、不埒《ふらち》な考えを抱いたことは一度もない。自分を上手に誤魔化し、彼女を娘として扱ってきた。

可南子が何を考え、また何を感じているかは分からなかったが、可南子は大学に上がった後も、私にまとわりついてくることを止《や》めなかった。

「可南子、カレシはできたか」

そう訊《き》いたのは、家の近くにできた新しいイタリア料理屋で食事をし、歩いて帰路についた時だった。

「いきなりどうしたの？」

「来月には二十歳になるだろう。だから……」

「いないよ。私、恋愛なんかしない」

「どうして？」

「お父さんをひとりにできないもん」

「お父さん、再婚するかもしれないよ」

可南子が足を止め、私を見ずに訊いた。「好きな人ができたの？」

「できちゃまずいか」

「何で私がまずいと思わなきゃならないのよ」可南子がムキになった。

「父親の再婚をよく思わない子供って珍しくないじゃないか」

「私は賛成よ。それで、相手はどんな人？」

私は大声で笑った。「そんな人いないよ。可南子に好きな人ができたら、お父さんに紹介しろよ。よほど変な男じゃない限り、お父さんは反対しないから」

「お父さん、冷たい」

「え？」

「世の父親は、娘のカレシを意味もなく嫌うのが普通よ」

「お父さんの望みは、お前がいい人を見つけて幸せになることなんだよ」

「私まだ学生よ。結婚するとしても、もっとずっと後の話でしょう？」

「まあそうだけど」

「やっぱり、お父さん、好きな人ができたのね」

「それはない」

「私のことなんか気にしないでどんどん恋をして」そう言い残すと、可南子は家の玄関に向かって走り出した。

短めのフレアスカートの裾《すそ》が軽く撥《は》ねていた。どこからともなくキョウチクトウの香りが漂ってきた……。

美幸が子連れで私のところにやってきたのは二十四年前の一九九三年だった。その時可南子は六歳。美幸は三十四歳、そして私は四十歳だった。

美幸は或《あ》る男の愛人で、その男との間にできたのが可南子だった。本当の父親はたまにしか家にいることはなかったという。可南子が父親のことで覚えているのは、母親といつも言い争っていたことと、座っている彼女の躰が隠れてしまうほどのお土産をくれたことだけだった。

私と美幸が出会ったのは、私の家の近所の公園だった。サルスベリの花が、夏の陽《ひ》射《ざ》しの中で赤く燃えていた。当時、私はゴールデンレトリバーを飼っていた。木陰のベンチで休んでいると、女の子が寄ってきた。髪をツインテールにした目のくりっとした子だった。

「大きな犬、見て、ママ」

日傘をさした女が少女の後ろに立った。

「触っても大丈夫だよ。絶対に噛《か》んだりしないよ。すごく年寄りなんだ」

少女の目は好奇心が波打っていたが、恐怖の色は消えてはいなかった。

「お名前は？」母親らしい女が訊いてきた。

「菅野《すがの》です」

女がくくくっと笑った。「犬の名前を訊いたんですけど」

「ああ、そうでしたか。こいつは、メイって言います。五月に生まれたからそうつけたと前の飼い主が言ってました」私は少女に目を向けた。「お嬢さんのお名前は？」

「カナコ」

「カナコちゃん、メイの頭を撫《な》でてあげて」

少女は言われた通りにした。そして、嬉《うれ》しそうに微笑《ほほえ》み、「いい子、いい子」を連発した。

日傘をさした女と目が合った。瞬間、私は感じるものがあった。

きた。

灼熱《しゃくねつ》の太陽には馴染まない、青白い顔をした女で、口も鼻も小さく、サングラスを外したことで現れた目も小さかった。地味だが、配置の妙と言っていいだろう、実にバランスのいい顔立ちをしていた。そして、決して肉感的ではないのに色香が漂ってきた。


犬と遊ぶのに飽きた娘がむずかりだした。

「またメイと遊んであげて」私はカナコに言った。

「うん。ママ、いいでしょう?」

母親は答えない。

私は母親に目を向けた。「明日、この時間にここに来ませんか」

「明後日の方が確実です」

その日をきっかけにして、私は鳴海《なるみ》親子と時々、公園で会うようになった。

私はその頃も働いていなかった。都心に持っているマンションや駐車場の上がりで食っていた。管理は或る会社に任せていたので、よほどのトラブルがない限りは、オーナーとしてやるべきことはなかった。それは今も変わりはない。

私は世間から遠く離れて暮らすことを、かなり若い頃から理想としていた。できるだけ余計な付き合いを避け、自分の存在を消し、淡々とした人生を送りたかった。しかし、或る時期までは、他の人と同様仕事をしていたし、面倒な人付き合いも労を惜しまずやってきた。

そんな生活が一変したのは、三十五歳の時に父が六十七歳で病死したからである。父は土地開発を行っているデベロッパーだった。屋敷は渋谷の松濤《しょうとう》にあり、家政婦や執事など、人を何人も雇っていた。あこぎなこともやってのし上がった祖父の後を継いだ父は、経営者としての才能がなかったのか、放漫経営が祟《たた》り、出資法違反で逮捕されたのをきっかけにして、会社から身を引き、息子たちに譲った。しかし、父が裏で実権を握っていたのは間違いなかった。

三男である私は、父の会社には入らず、大学を出ると知人の経営する自動車部品メーカーに勤めた。兄たちのように父の片腕となり、生臭い世界を生きる気はまったくなかった。

私たち三兄弟の他に婚外子が二人いて、いずれも認知されていたから、遺産相続の手続きが大変だった。松濤の家は売りに出された。

私は、父が早くに死んでくれたおかげで遺産が転がり込み、理想としていた何もしない暮らしを手に入れることができた。祖父ほどではなかったにせよ、父も危ない橋を渡って金と権力を手中に収めた男だったから、私の安穏な生活は、悪徳のにおいのする資産で成り立っていることになる。しかし、そのことを気にしたことはない。仕事もせず、そういう資産に支えられて日々を送っている私は、汗水垂らして働いている人から見たら許せない人間であろう。死んだら地獄に落ちるかもしれないが、そんなことはどうでもよかった。

都心のマンションを引き払い、郊外に建つ中古の一軒家を買ったのは、父が死んだ翌々年である。

私はディレッタントではないから、趣味と呼べるものはほとんどない。だが、自分で料理を作ったり、本を読んだり、庭の草むしりをしたりしているうちに、すぐに時間はすぎていった。退屈を感じたことがないというと嘘《うそ》になるが、隠遁《いんとん》したような暮らしに不満はなかった。

そんな私を、兄たちは腑《ふ》抜《ぬ》けと見下している。しかし、自分たちの領域を侵してこない弟には至極優しく、ひとり暮らしをしていた時は、しきりに縁談をもってきた。

鳴海美幸は、てっきり結婚していると思っていたが、娘とふたり暮らしだった。

私は親子を昼食の時に家に誘った。美幸は快く受けた。

メインディッシュはナポリタンにした。可南子の好物だと聞いたから、そうしたのだ。

私と美幸は昼間からワインを飲んだ。

「私、すぐに顔に出るんですよ」と言いながらも、美幸はよく飲んだ。

「お仕事はしてないんですか？」

美幸がにっと笑った。「同じ質問を、菅野さんにしようと思っていたんです」

私は正直に、自分がどんな生活をしているのか教えた。

「お金持ちなんですね」

「かつて、我が家は金持ちでしたけどね」

「今も働かずにすむというのは、お金持ちだってことじゃないんですか？」

「親が残した財産を食い潰して死ぬのが、親孝行だと思ってるんですよ」

「私が協力してあげましょうか？　お金を使うの、超得意よ」

「あなたが貧乏だと分かったら協力してもらいます」

「私、収入がないのよ」

「でも、子供を育て、ここまでタクシーで来るような生活をしてる。なぜそんなことができるのか。親が金持ちじゃなかったら、付き合ってる男があなたの世話をしてる。どうです？　僕の勘、当たってません？」

「想像にお任せします」

「これ以上は詮索《せんさく》しませんが、これからも僕と会ってくれますね」

「次回は子供を預けてきます」美幸はじっと私を見つめ、目を細めて微笑んだ。

美幸と関係を持つのに、それほど時間はかからなかった。

「僕は会った時から、君に夢中になった」

「それは嘘」美幸は鼻で笑った。

「何でそんなにはっきり言い切れるんだい」

「分からないけど、そんな気がします。私の方は、あなたに感じが似た人と、これまで二度会ってる」

「その人たちのこと気に入った？」

「自分のタイプだと思いました。ふたりとも、あなたにそっくりだった。まるで兄弟みたいに」そう言って、美幸はからからと笑った。

私が訊く前に、美幸は、どのようにして生活しているのか口にした。

美幸は或る金持ちに囲われていたのだ。その男とは銀座のスナックで働いていた時に会ったという。男の名前や職業を私は訊かなかった。美幸も話さなかった。今、住んでいる場所を知りたいと思ったが教えてくれなかった。愛人といる時に、私が家に来たり、周りをうろついたりすることを危惧《きぐ》していたらしい。

「何で君の男は、君をこんな郊外に住まわせてるんだい。都心のマンションを買うか借りるかするのが普通だろうに」

「私を都心においておくと遊び回るんじゃないかって心配なんじゃないかしら」

「あんな小さな子がいたら、遊びたくても遊べないだろう？」

「私、昔は遊んでたけど、今は静かな暮らしがしたいの。だから、自然が残ってるこの辺に住めて喜んでる。ともかく、毎日、だらだらしてるのが大好きなの」

「そこは僕と同じだな」

「まだ四十前なのに人生を降りてしまったような人と会うのは初めて」

「同じ言葉を君に返したいね」

私が短く笑うと、美幸は顔をくしゃくしゃにして笑い返してきた。

私と美幸は、散歩をするか、私のベッドで戯《たわむ》れているかぐらいのことしかしていなかった。

セックスの相性もよかったが、それ以上に、怠惰な時間を一緒にすごしている時が愉《たの》しかった。大した話をせずとも、時間はあっという間にすぎていった。

私は、愛人と別れさせ、自分と一緒に暮らそうと迫った。しかし、美幸はうんとは言わなかった。

「今の関係が最高よ。同じ屋根の下で暮らすと、お互いに、これまで見えなかった部分が見えてきて、うまくいかなくなるかもしれない」

「美幸とは大丈夫」

「どうしてそう言い切れるの」

「何もしないでもいられる相手だから」

「可南子のこと忘れてない？」

「もちろん、彼女も引き取って、僕の子として育てるよ。認知されてないって言ってたじゃないか。僕の籍に入る方が、可南子ちゃんのためにもいいと思うけど」

「最近、彼、認知してもいいって思い始めたみたい」

私は力なく笑った。「つまり、君は彼と別れたくないってことなんだね」

「そうじゃないんだけど、ちょっと複雑なの」

そう言われてしまうと、二の句が継げなくなった。

美幸は、私よりも相手のことを重んじているらしい。可南子の父親だということを考えれば、それはごく自然なことだし、可南子の歳《とし》を考えると、少なくとも四年以上の付き合いがあるのだから、私の想像が届かない深い繋がりを持っているのだろう。

その男から美幸を奪い取りたいが、彼女の態度を見ていると、取り付く島がなかった。

付き合い始めて一年半がすぎようとしていた頃、私と美幸を引き合わせてくれた犬が死んだ。その直後、事が大きく動いた。

美幸の愛人が急死したというのだ。

美幸は私の前で取り乱すことはなかったが、心ここにあらずで、抜け殻のような状態で私に接していた。

死んだ男のことを忘れられずにいるのだろうが、私はそんなことは気にせず、すべてを処分して、私と暮らさないかと誘った。

美幸は承知した。そのようにして、私と美幸は結婚し、可南子が私の娘となったのだ。

不労所得で生活している私は、会社に行くこともなく自宅で仕事をすることもなかったので、幼稚園に通っていた可南子の送り迎えは私がやった。

可南子は、一緒に暮らすようになってしばらくすると、私のことを「お父さん」と呼ぶようになった。

或る日、可南子が一枚の写真を私に見せた。

そこには可南子らしき幼子を抱いた男が写っていた。

「誰、この人？」

「パパ」

可南子は私のことは〝お父さん〟と呼び、写真の男のことは〝パパ〟と紹介した。美幸が男のことをパパと呼んでいたのかもしれない。

「パパはどんな人だったの？」

「よく覚えてない。お父さんみたいにいつも一緒にいたことないから。来る時はいっぱい、いっぱいお土産を持ってきてくれた」可南子は、両手を使ってお土産の嵩《かさ》を私に教えた。

写真の男は四十五、六に見えた。細面の理知的な顔をしていた。可南子と似ているところを探したが見つからなかった。

私が写真を見ている時、美幸がやってきた。

「初めて、彼の顔を見たよ」そう言いながら、写真を美幸に渡した。

「嫌ね。こんな写真、いつ撮ったのかしら」

「美幸が撮ったんじゃないの」

「かもしれないけど、忘れたわ」

「そんなに嫌そうな顔することないじゃないか。可南子にとって、とても大切な写真だよ、これは」

「まあ、そうだけど」

「返して、ママ」

可南子は母親のことはお母さんとは呼ばなかった。

美幸は写真を娘に手渡した。

私たちの家庭生活は、実にのんびりとしたものだった。

私たちは可南子を、或る私立の小学校に入れた。自宅からはかなり離れていたが、私が送り迎えをやるので問題はなかった。

可南子が小学校四年の時に悲劇は起こった。たまたま、その日、私の所有しているビルで問題が起こり、滅多に顔を出さない管理会社に赴かなければならなくなったのだ。

美幸が車で可南子を迎えにいった。学校に着く直前、美幸がハンドルを切り違えたせいで車が反対車線に飛び出し、運悪くやってきたダンプと正面衝突した。美幸は全身打撲で死亡した。

私の打ちのめされ方といったらなかった。可南子の悲しみを癒《い》やしてやるのが父親としての役目だから、精一杯、気丈な振りをしていたが、可南子は私の失意を感じ取ったのだろう、「お父さん、しっかりして。私がいるから」と言ったのだ。

私は胸にこみ上げてくるものを抑えて、可南子を強く抱きしめた。

そこから血の繋がりのない父と娘のふたりだけの生活が始まったのだ。

料理が得意な私だったから、可南子の弁当はすべて自分で用意した。小さ目の握り飯には、ノリで笑顔を作った。

可南子は素直な子に育ち、勉強もよくできた。ふたり暮らしが長かったせいだろう、私と可南子の間には、一言では言えない濃密なものが漂っていた。

就職が決まった時、都心に住むことを暗に勧めたのも、ふたりの間に危険なものを感じたからである。しかし、可南子は家を出ようとはしなかった。

危険と言ったが、情動と呼ばれるような激しい感情とはほど遠かった。

私と可南子は、森閑とした湖に浮かんだ小舟に乗っているような関係だった。

「これ、駅前にできたパン屋で買ったんだけど、あまりうまくないな」私はクロワッサンを口に運びながら言った。

「そうね。もうちょっと表面がカリカリしてないとね」

親子なら当たり前のこんな会話しか交わしていないのだが、これが却《かえ》って、異様に感じられることもあった。長年、連れ添った夫婦のような日常を、若い娘と行っていてはよくないと私は常に思っていた。しかし、このような関係がずっと続けばいいと願っている自分が胸の奥に棲《す》んでいることも知っていた。

子離れしない父親と親離れしない娘なんて世の中にはいくらでもいる。しかし、私たちは本当の親子ではない。

可南子に好きな人ができ、結婚したいと言い出した時、私はショックだったが、それでいいのだと自分に言い聞かせ、満面に笑みを浮かべて相手のことを訊いた。可南子は、照れくさそうな顔をして平山のことを話した。

「気がかりなのは、お父さんをひとりにすること。本当は近所に住みたいんだけど、そうもいかないし」

「俺のことは気にしなくていい。お前も知ってる通り、家事は得意だからね。チャーハンの味付けなんか、可南子よりもお父さんの方が上手だろう？」

「でも……」

「でも何だい？」

可南子が上目遣いに私を見た。「ずっとふたりでやってきたから」

「可南子は、お父さんの世話をよくしてくれた。でも、それで一生を終えるなんてとんでもない話だよ」

「それでもいいって気がしてたけど」可南子が目を伏せた。

可南子も、私と同じように、今の関係を続けていくことに不安を感じていたのかもしれない。

一生、ふたりですごしても何も起こらないだろう。しかし、分かちがたく結びついた関係はさらに深まっていく気がした。

人が人をどの程度まで愛しているかなんて計りようがないが、平山を見る可南子の目つきには、恋をしているものの激しさと恥じらいが感じられた。

その目を見た時、私は、可南子が自分から離れていくことを実感した。寂しくはあった。平山にちょっとした嫉妬《しっと》も感じた。だが、私は可南子の巣立ちを歓迎した。

シャクナゲが開花し始めた。二分咲きか三分咲きかよく分からないが、紅色を残した花が庭を活気づかせていた。

その日は日曜日で、可南子は、友人の結婚披露宴に出席するために大阪に向かった。翌日、どうしても出なければならない会議があるので日帰りだった。

夜遅く帰ってきた可南子を私は出迎えた。

化粧を落とし、パジャマに着替えた可南子が居間に入ってきた。

「お父さん、これをよく見て」

見せられたものは、まだ美幸が生きていた頃に見た、可南子の父親の写真だった。

「お前の本当のお父さんだよね、昔、俺に見せたのを覚えてるだろう?」

可南子はそれには答えず、手にしていた雑誌を拡《ひろ》げた。その雑誌は、東海道新幹線のグリーン車のポケットに入っているものだった。

拡げたページには男の笑顔が載っていた。「似てると思わない?　私の本当の父親に」

私は二枚の写真を見比べた。歳の差はかなりあり、雑誌に載っている男の髪は後退していた。

「確かに似てるな」

「老《ふ》けてはいるけど、同じ人だと言っても通るよね」可南子が続けた。

「本当だな。でも、可南子のお父さんは死んでる」

「ママがそう言っただけよ」

私は可南子をまじまじと見つめた。「お父さんは生きていて、この人だと言うのか」

「あまりにも似てるもんだから」

私は再び雑誌に目を落とした。

男の名前は柿沼源一といった。柿沼製薬の会長で、歳は七十だった。

柿沼会長は、業界の今後について熱く語っていた。

「似てるけど、お母さんが嘘をつく理由はないだろう。可南子のお父さんではないよ、きっと」

「私、結婚する前に、この柿沼という人が、私の父親だったかどうか知りたい」

「そんなこと知ってどうするんだ？」

「どうもしやしないけど、はっきりさせないと気がすまない。この人に、私、手紙を出そうかと思ってる。いいでしょう、お父さん」

「違ってたら、頭がおかしい女だと思われるか、何か魂胆があると勘ぐられるな」私は冗談口調で言った。

「何と思われてもいいよ」

「じゃ書いてみたら」

「書いたら、出す前に読んでくれる？」

「いいよ」

翌夜、可南子は書いた手紙を私に見せた。かなり長い手紙だった。自分が何者であるのかを教え、鳴海美幸と付き合いがあった男性、つまり自分の父親に、柿沼がそっくりだと記されていた。母からは実の父親は死んだと聞かされていたが、柿沼があまりにも似ているので確かめたくなった。心当たりがあるかどうかだけ教えてほしい。絶対に、柿沼に迷惑がかかることはない。母は、菅野史人《ふみと》という男と結婚したが、自分が子供の頃に交通事故で死亡し、今は継父とふたり暮らし。近いうちに結婚するので、それまでに、柿沼が本当の父親かどうかを知りたい……。

そんな内容の手紙だった。

翌日、投函《とうかん》されたはずだが、柿沼からは何も言ってこなかった。

ところがその週の金曜日、何と柿沼源一本人から私宛《あ》てに手紙がきた。

〝突然の不躾《ぶしつけ》な手紙に、さぞや驚かれていることでしょうが、怒らずに最後までお目通しください。

可南子さんからのお手紙、確かに受け取りました。そのことについて、菅野さんにお目にかかり、お話ししたいことがあります。お時間を割いていただければ幸いです。

私の携帯電話の番号を記しておきます。ご連絡をお待ちしています〟

私は、ためらうことなく柿沼の携帯を鳴らした。相手はなかなか出ず、留守電になった。用件を告げ、電話を切った。その十五分後に私のスマホが鳴った。

「柿沼ですが」

「菅野です。お手紙拝読しました」

「菅野さんのご都合がよければ、今夜、食事でもいかがでしょうか？」

「時間は取れますが、食事はけっこうです。ゆっくり話せる場所さえあれば」

「日比谷までご足労願えますか。実は私……」

柿沼は日比谷にあるホテルに部屋を持っているという。

私は午後六時半に、訪ねていくことにした。


柿沼源一は写真よりも若々しく見えた。歯が妙に綺麗《きれい》である。おそらく、インプラントなのだろう。肌が焼けていたが、ゴルフ焼けではなさそうだ。外国のリゾート地にでも行っていたように思えた。

柿沼はコーヒーを電話で注文した。

「私、あなたのお父さんにお目にかかったことがあるんですよ。或る代議士の開いたパーティーでね。お父上の会社とはまったく関わってないんですか？」

「三兄弟の中で、一番出来が悪くて、怠け者なのが私なんです」

「生臭いことがお嫌いなようですな」

「不甲斐《ふがい》ない男だというだけのことです。それで、柿沼さん、あなたが可南子の実の父親だった。そう了解してよろしいんですね」

　柿沼が大きくうなずいた。「突然、あの子から手紙が来たものだから、びっくり仰天しました。あの子は……。あ、そういう言い方は、菅野さんに失礼ですね。可南子さんは、あなたの娘なんですから」

　私は薄く微笑み、柿沼の言ったことを受け流した。

「で、どのようにして、可南子さんは、私のことを知ったんです？」

「雑誌に載っていたあなたの写真を見て、父親ではないかと思ったんです。あなたは、幼子だった可南子と一緒に写真を撮ったことがあった。その写真が残っていて、それと雑誌に載ったあなたを可南子は見比べたようです」

「可南子さんが生まれた頃は、こんなには禿《は》げてなかった」柿沼が薄くなった頭を触りながら、頬をゆるめた。「それで、美幸さんはいつ亡《な》くなったんです？　可南子さんからの手紙には詳しいことは何も書かれてなかったんで」

　私は、手短に美幸が死んだ時のことを教えた。

　柿沼が天井を見上げた。「三十八でこの世を去った。今頃になって知って、お悔やみを申し上げるのも、間が抜けてますから言いません。ですが、とてもショックです。好きな男と一緒になって幸せにやってると思ってましたから」

「ひとつ大きな疑問があります」

柿沼はゆっくりと腰を上げ、窓辺に向かった。そして、私に背を向けたまま口を開いた。「私が死んだと、美幸さんから聞かされたことですね」

「可南子も、そう信じてました。死んだことにしようと誰が言い出したんです？」

「美幸さんです。私に生きていられてちゃまずかったんですよ」柿沼は冗談めいた口調で言った。

私も席を離れ、柿沼の隣に立った。

大通りの向こうが日比谷公園だった。ちょうど信号が変わった。横断歩道を公園の方に走っていた女が転んだ。その後ろを走っていた自転車が危うく、女を轢《ひ》きそうになった。

「死んでほしかったのは、あなたのことが好きだったからなんでしょうね」私は、立ち上がった女を見ながら、しめやかな声で言った。

頰に柿沼の視線を感じた。

「不思議なことをおっしゃる。そう思った根拠は？」

「好きなのに一緒になれない人には、死んでほしいと思う。よくある心理じゃありませんか。私は美幸と出会った瞬間に、ときめきを感じた。その時は人妻だと思ってましたが、かまわずに近づいた。でも、美幸は人妻ではなく、或る男の愛人で、連れている女の子は、彼との間にできた子だと分かった。私と知り合った頃、お金はもらえるが認知してもらえず、美幸は苦しんでいたんじゃないんですかね。ともかく、美幸はあなたが好きだった。でも、どうにもならないから諦《あきら》めて、私と付き合っていた」

「菅野さんはそれでよかったんですか？」

「いいも悪いもありません。美幸の想《おも》いがあなたにあったとしても、美幸を愛した私の気持ちに変わりはありませんでした。そりゃ、寂しかったですよ。好きな女が、自分以外の男に気持ちがあるというのは」

「美幸さんは、私について何もしゃべらなかったんじゃないんですか？」

「ええ。名前はおろか職業すら教えてくれなかった。それに、あなたが所有していたのか、借りていたのか分かりませんが、彼女の住まいがどこにあるのかすら、私は知らなかった」

「それでも、美幸さんが私を心から愛していたことだけは分かったんですか？」

「何となく感じるものがありました。先ほども言いましたが、子供を認知してもらえないことだけは不満だったようですが」

柿沼が窓辺を離れ、元の席に戻った。私は外を見続けていた。

「菅野さんが誤解なさったのも無理はないが、私は、結局、美幸さんに振られたんです」

私は肩越しに柿沼を見た。柿沼は足を組み、ソファーの背もたれに躰を倒し、コーヒーを飲んでいた。

コーヒーはすでにぬるくなっているはずだが、柿沼は気にしていない様子だった。表情は先ほどよりも暗く沈んでいた。

私も元の席に戻った。ぬるいコーヒーは飲みたくなかった。水を少し口に含み、柿沼を見た。柿沼はコーヒーカップをテーブルに戻し、今度は腕を組み、目を閉じた。

「そんなこと今となってはどうでもいいことですよ」私は落ち着いた口調で言った。

柿沼が目を開けた。「そうかもしれませんが、真相を知りたいお気持ちはお持ちでしょう？」

「なぜ、死んだことにしたのかだけは知りたいですね」

「可南子さんとあなた、そして私のためです。実の父親が死んだことにすれば、あなたが彼女の父親になった場合、可南子さんは余計なことを考えずに、あなたを父親と思って生活していける。生きているが、どこにいるか分からないということになると、可南子さんが探す可能性があると、美幸さんは言ってましたね。そしたら、あなたは寂しい思いをすることになるかもしれない。美幸さんはあなたのことをも思って、私を死んだことにしたんですよ」

「なるほど。で、あなたのためでもあるというのは……」

「確かに私は、最初のうち、生まれた子供の認知を躊躇《ためら》ってました。そのことで美幸さんには随分、責められた。私も、菅野さんと同じように、いや、ひょっとするとそれ以上に美幸さんに惚《ほ》れてた。女房は、或る製薬会社の社長の娘でね、親同士の思惑にしたがって、私たちは結婚した。だからと言って、女房に愛情がなかったわけじゃないですよ。しかし、美幸さんに会った時の衝撃と言ったらなかった。この女はどうしても自分のものにすると決め、彼女の勤めていたスナックに通い詰めた。彼女は愛人関係になるのを嫌がっていたが、私にほだされ承知したんです」

「認知を拒んだのは、やはり、ご家族にばれたくなかったからですね」

「それもありますが、ちょうど、うちの社の製品のデータに問題があると騒がれてた時だったから、他に女がいて、子供まで作ったことが世間に知れたら大変だと逃げ腰になった」

「それで、次第に美幸の気持ちが冷めていったんですね」

「違うんですよ、それが」

私は怪訝《けげん》な顔をして柿沼を見つめた。

「菅野さんと出会ったことが、私に対する気持ちが薄らいでいった原因なんです。美幸さんは、あなたと深い関係になったことを、正直に私に告げ、可南子さんの認知ももう必要ないと言った」

「私は、美幸に愛人と別れて自分と一緒になろうと言いましたが、いい返事はもらえなかった」

「いろいろ迷いがあったんでしょうよ」

柿沼の言い方に含みがあるように思えた。「何を迷ったのかな」

「よく分かりませんが、私との関係は終わりにしたいときっぱりと言われましたよ」

柿沼は遠くを見るような目をした。「言う必要もないでしょうが、美幸さんは、ふたりの男と同時に付き合えるような女じゃなかった。別れ話を持ち出された私は焦《あせ》った。子供の認知もするし、時間はかかるだろうが、今の女房とも別れるとまで言った。でも、聞く耳を持ってはもらえなかった」

私は、胸がじんとなった。ずっと、愛人が一番だったが、彼が死んだから、私と一緒になったのだと思っていた。それが違った。美幸がこの世にいないことを、久しぶりに嘆きたい気分に陥った。

「美幸さんとはどこで出会ったんでしたかね。彼女から聞いたんですが忘れてしまいました」

「うちの近くにある公園です」

「その時、何も気づかなかった？」

「え？　何の話です」

「美幸さんとあなたが会ったのは、その時が初めてじゃないんですよ」

「初めてじゃない？　じゃ、どこで」

柿沼が肩をゆすって笑い出した。「あなたは、公園で会った時に一目惚れしたようなことを彼女に言っていたようだが、その前に彼女に会った時には、あなたは彼女に何の興味も示さなかったと美幸さんは笑ってました」

「そんな話、彼女の口からは聞いてないですよ」

「気づいてくれなかったから、話したくなかったんでしょうね」

そう言えば思い出したことがある。

美幸は私に似た人間に二度会っていると言っていた。あれは別人ではなく、私だったのかもしれない。

「私と美幸は、いつどこで会ったことがあったんですか？」私は前のめりになって訊いた。

「秋元咲子という女を覚えてますか？」

「ええ。松濤の家で働いてた人ですね」

「美幸さんは、彼女の娘ですよ。あなたの家に住み込みで勤めてた母親は、娘を親戚《しんせき》に預けてた。休みの日に、母親は娘を、松濤の家に呼んだ。美幸さんが中学三年になった時だそうです。その時、彼女はあなたとすれ違い、紹介されたそうです」

呆然《ぼうぜん》としてしまってしばし口がきけなかった。

美幸が使用人の娘だった。柿沼が嘘を言っているとは思わないが、信じられなかった。少女だった美幸を紹介された？　まったく覚えていない。

「驚かれるのも無理はないが、本当の話です」

「美幸と、そんな形で会ってたなんて」私は目を閉じ、首を何度も横に振った。

「向こうは、あなたを見てぽっとなったそうですよ。二度目はその数年後、あなたは友だちと六本木のディスコにいた。その時、OLをやっていた美幸さんも友人と来ていて、あなたの友だちに口説かれたそうです。あなたの方は美幸さんには興味がなく、他の女と踊ってたらしいですよ」

おぼろげながらに覚えている。ディスコブームの頃で、服部という男に誘われて、よく踊りにいっていた。ディスコで知り合った女のことを服部は追いかけていた。彼の努力は無駄に終わったはずだが、詳しいことは聞いていなかった。

「秋元咲子の娘だということを言いたくなかった。だから、ディスコで会ったことも話さなかったんでしょう」

美幸が、すんなりと私の胸に飛び込んでこなかったのは、母親のことが頭にあったからなのかもしれない。

「美幸は、彼女の母親と私の父親との関係について、柿沼さんに話したことはなかったですか？」

柿沼が薄く微笑んだ。「菅野さんが心配なさってることは分かりますが、それはないと美幸さんは断言してました」

私は、秋元咲子が夜遅く、父の部屋に忍んでいくのを目撃したことがあった。母は、夫と咲子の関係に気づいていたようだが、そのことで揉《も》めることはなかった。商売をやっていた母の実家が多大な借金を作ったことがあった。尻ぬぐいをしたのは父だった。だから、何も言えなかったらしい。

美幸が秋元咲子の娘だと知った私の脳裏に浮かんだことは、彼女が父親の子供かもしれないということだった。そのことを柿沼は否定したが、しかし……。

「私の言葉を信用できないようですな」

「美幸は詳しい話を柿沼さんにしたんですか？」

「しましたよ。彼女は、私と別れると言い出してから、あなたの話ばかりしてましたからね。私だって、あなたと同じ疑いを持ちました。それで訊いてみたんですが、彼女の父親は甲府で飲み屋をやってたそうで、飲むと暴れる男だったようです。どうしようもなくなって、母親は美幸さんを連れて東京に逃げた。父親は、お宅に勤めた母親を探しだし戻るように迫った。その時に助けてくれたのが、あなたのお父さんだったと言ってました」

「美幸の旧姓は鳴海でしたが、それは母親の姓だったんでしょうか」

「そうです」

「母親も死んだと聞いてましたが、それは本当だったんでしょうか」

「心臓マヒを起こしてあっけなく亡くなったそうです。ともかく、美幸さんは、あなたと公園で会ったことを運命の出会いだと言ってました。私は美幸さんを手放したくなかったが、彼女のあなたへの想いを何ともできない以上は身を引く以外に方法はなかった」柿沼が天井を見上げた。「美幸さんがどうしているか、この年になっても、時々、考えてましたが、とうの昔に亡くなっていたとはね。私に墓参りをさせてもらえますか？」

　私は墓のある霊園を教えた。

「お墓参りに出かける前に、菅野さんに詳しい場所を聞きますよ」

　私は黙ってうなずいてから、柿沼を見つめ直した。

「可南子は、あなたからの返事を首を長くして待ってます。どうなさるおつもりですか？」

「〝はい、私が実の父親で、本当は生きてました〟なんて手紙は書けんでしょう。きちんと理由を話さないとおかしいし」

「じゃ、死んだことにしておきますか」

「どうすべきか迷ってます」

「このまま放っておけば、可南子はもっと調べたくなるでしょう」

「嘘はいつかはばれる」

「じゃ、柿沼さんから私に手紙がきて、こうやってお目にかかり、話を聞いた。その内容も含めて、すべて私が可南子に話しましょう」

「あなたはそれでいいんですか？」

「どういう意味です？」

「死んだはずの実父が生きていた。育ての親のあなたはちょっと寂しい気がするんじゃないんですか？」

柿沼の言い方に腹立たしいものを感じたが、私は表情ひとつ変えなかった。

「あの子は、私に本当に懐いてました。その子を手放さなければならない。そっちを考える方がよほど寂しいです」

「娘が結婚する。小さな時のことしか知らない私には実感が湧《わ》きません。菅野さん、可南子さんの現在の写真、お持ちじゃないですか？」

「スマホに、可南子が送ってくれたものが入ってます」

「さしつかえなければ、見せていただけませんか」

私は懐からスマホを取りだし、アルバムというアイコンをタップした。

ふたりで近くの神社に初詣《はつもうで》に出かけた時の写真が出てきた。可南子と私が写っているもので、可南子が自撮りしたものを送ってくれたのだ。

柿沼は老眼鏡をかけてから、スマホに目をやった。そして、口を半開きにして「はあ」と感嘆の声を上げた。「母親にそっくりだ。まるで美幸さんがひとりで生んだみたいだな。他の写真も見ていいですか？」

私に戻されたスマホを操作し、他の写真も柿沼に見せた。

「どの写真も、あなたとのツーショットですね」

「そうですか？　気がつきませんでした」

「すべて、可南子さんが撮ったものですか」

「ええ」

「まるで恋人同士みたいですね。よくお嫁にいく気になったな」柿沼がつぶやくように言った。

それには答えず、私はスマホを懐《ふところ》に戻した。

「父離れできない娘のように思えますが、違いますか？」

「私の方も娘と別れるのは辛《つら》い」

「分かるな。可南子さんは美幸さんに生き写しですものね」

柿沼は私の気持ちを見抜いているかのような口調で言った。

「可南子さんに会ってみたいが、向こうは会いたくないだろうな」

「娘に訊いてみましょうか」

柿沼は首を横に振り、ふうと息を吐いた。「で、結婚披露宴はいつなんです？」

「まだはっきりとは決まってません」

「何かお祝いしてやりたいが、何もしない方がいいですよね」

「すべて可南子次第です」

「おひとりになられたらどうするんですか？」そこまで言って、にやりとした。「お付き合いしてる方ぐらいいらっしゃいますよね」

「いませんよ。それに私はひとりでいるのが好きなんです」

「それでも、可南子さん、あなたをひとりにしてお嫁にいくことを気にしてるんじゃないんですか？」

「しょっちゅう様子を見にくると言ってます」

柿沼は薄く微笑み、何度もうなずいた。そして、がらりと調子を変え、こう言った。

「おひとりになられたら飲みましょう」

「是非、誘ってください」

「娘はずっと幸せだったようですね。あなたのおかげです」柿沼が深々と頭を下げた。

「真相を包み隠さず教えてくださり、感謝しています」私も頭《こうべ》を垂れた。

柿沼と別れてホテルを出た私は、どこかで食事を摂《と》ろうと数寄屋橋《すきやばし》の方に歩を進め、線路沿いにある中華料理屋に入った。

夕食時で店は混んでいた。隅の席で慌《あわ》ただしく食事をすませた私は、泰明《たいめい》小学校の方に向かった。一杯飲みたかったのだ。昔、知っていたバーを探したが見つからなかった。しかたなく、目についた看板を頼りに雑居ビルのエレベーターに乗った。ほどよく客の入っている静かなバーだった。そこでも隅の席に座った。スモーキーなウイスキーをストレートで飲んだ。

妙に気持ちが高ぶっている。若い頃だったら、それを鎮めるのに、何杯ものお代わりを必要としたが、今は二杯飲めば十分だった。

電車で家に戻った。可南子はすでに帰っていた。

「飲んできたのね。珍しいね」

「うん」

「誰と飲んだの」

「ひとりだよ」

可南子の顔色が変わった。「何かあったの？」

「柿沼源一さんと会ってきた」私は淡々とした調子で言った。

可南子が目を瞬かせた。「どういうこと？」

「彼からお父さんに手紙がきたんだ」

「……」

「手紙に会いたいと書いてあったから……」

「ちょっと待ってお父さん。柿沼さん、私の実の父親だったの？　それとも関係ない人だった？」

私は可南子を真っ直ぐに見つめた。「お前の実の父親だったよ」

「やっぱりねえ」可南子が力なくつぶやいた。

「とても感じのいい人だったよ」

「なぜ、死んだなんてママは嘘をついたのかしら」

私は順を追って話すことにした。

可南子は口を挟まずに聞いていたが、私の父と可南子の祖母が関係を持っていたかもしれないという話には反応した。

「もしかしたら、ママは……」

「それはないと思っていい」

「私、お父さんを信じる」

「柿沼さんに、お前の写真を見せた。会いたがっていたし、結婚のお祝いもしたいと言ってたけど、どうする？」

「今更、会う気はしないし、お祝いをもらうつもりもないけど、変な気持ちがする」

「どういう意味？」

「柿沼さんが実の父親で」そこまで言って可南子は私を見つめた。「お父さんも、私のお父さん。私にはお父さんがふたりいることになるね」

「そうだけど、よくあることじゃないか。お父さんは育ての親。柿沼さんは、可南子という素晴らしい品種の種を蒔《ま》いた人」

「父親はひとりで十分よ」

「お前が、柿沼さんが実の父親かどうかはっきりさせたいって言ったからこうなったんだぞ」

「柿沼さんは、紛れもなく私の父親よね。そうすると、お父さんはお父さんじゃなくなっちゃうね」可南子は軽い調子で言い、口許《くちもと》をゆるめたが、目は笑っていなかった。

　可南子がそんなことを言い出した真意を計りかねた。

「寂しいこと言うな」

「ごめん。でも、寂しいことを言うと寂しくなくなるの」

「意味が分からない」

「分かんなくていいの。私、雅之のことが好きだけど、結婚、中止したい気持ちになっちゃった」

「マリッジブルーだな、それは」

「まあね」

「お父さん、可南子が好きな人を見つけてくれて、本当に喜んでる」

「私、幸せよ」そう言うと、可南子は弾《はじ》かれるように立ち上がり、「お休み」と言い残して、逃げるように居間から出ていった。

私は、ウイスキーのボトルとグラスを用意し、ちびりちびりと飲んだ。

かすかに屋根を叩《たた》く雨の音がした。

私は腰を上げ、窓辺に立つとカーテンを開けた。庭園灯が、降りしきる雨を照らし出していた。

「おう」私は思わず声を出した。

シャクナゲの花がすべて白に変わっていた。雨のせいで、薄紅色の部分が洗い落とされてしまったみたいだった。

私も可南子も、ふたりだけの長い歩みを洗い流し、新たな人生を送ることになった。真っ白なページに、私も可南子もこれから何を書き込んでいくのだろうか。

目に沁《し》み入るシャクナゲの白を、私はいつまでも見つめていた。

恋ものがたり

昭二郎《しょうじろう》は生あくびを嚙《か》み殺しながら、いつも立ち寄る喫茶店を出た。午後の所在ない時をコーヒーを飲んでやり過ごしたのである。

家に戻ろうと路地に入った時だった。

薄いピンク色のコートに、臙脂色《えんじいろ》のスカーフを巻いた老女が、路上の真ん中に立ち、周りを見回していた。

桜がもうじき満開になろうかという暖かい日だったが、老女は厚着である。歳《とし》を取ると、なかなか寒さから抜け出せないものだ。この老女ほどではないにしても、六十五歳の昭二郎も、若い時のような薄着はできなくなった。

向こうから小型トラックがやってきた。しかし、老女が邪魔で前に進めない。ドライバーが遠慮気味にクラクションを鳴らした。それでも老女はその場を離れなかった。再びクラクションが鳴った。今度は、威嚇《いかく》するような音だった。

やっと老女が気づき、道の端に寄った。車が通りすぎると、女は昭二郎の方に歩いてきた。

「あのう、この辺の方ですか？」老女が訊《き》いてきた。

「ええ」

「北畑《きたばたけ》さんってお家《うち》、ご存じないかしら」

「北畑さんですか。知らないですね」

「昔はこの辺に住んでたんですよ。お家は『ローマ』という喫茶店をやってたんです。北畑嘉一《かいち》さんという人なんですけど」

喫茶店『ローマ』。記憶にあるようなないような……。昭二郎は徒雲《あだぐも》がぽかりと浮いている空を見上げた。

「そんな喫茶店があったような気がしますが、かなり昔のことですよ。半世紀は経《た》ってるかな」

「その頃のこの辺りのことを覚えてます？」

「まあ少しは」

「いい方とお知り合いになれたわ」老女は顔を綻《ほころ》ばせた。

老女は小柄で顔も小さい。目は少し落ちくぼんでいる。瞳《ひとみ》はつぶらで、鼻はやや上を向いていた。口許《くちもと》に老いが顕著に現れているが、背中は曲がっていない。歳ははっきりしないが若々しさが感じられる、可愛《かわい》い女である。金色のイヤリングがよく似合っていた。

「日野《ひの》です」

「私、松浦多恵《まつうらたえ》と言います。あなたのお名前は？」

「日野さん、『ローマ』という喫茶店があった場所まで連れていってくれませんか。久しぶりに来たら、今、どこにいるのかも分からなくなってしまって」

「随分、変わりましたからね、この辺りは」

「本当に。私にちょっとだけお付き合いください」

松浦多恵と名乗った女は、食い入るように昭二郎を見つめた。

「『ローマ』と言ったかどうかは分からないですが、昔、喫茶店があった場所までならお連れできます」

「お願いします」松浦多恵は、せがむような調子で言った。

「じゃ、行ってみましょうか」

昭二郎は港区白金《しろかね》に住んでいる。祖父の時代から、ここでバルブ工場を営んでいた。工場は長男が継ぎ、次男の昭二郎は大学を出ると広告代理店に勤めた。今は工場はなくなり、マンションに建て替えられている。

退職してから関連会社に就職したが、去年、そこも辞めて、今は何もしていない。悠々自適とまではいかないが、金に困ることもなく、毎日のんびりと暮らしている。暇な時間が茫洋《ぼうよう》と拡《ひろ》がっているだけだから、松浦多恵という老女に付き合うのに問題は一切なかった。

大通りに出て、古川橋の方に向かった。

子供の頃、古川橋の近くに喫茶店やスタンドバーが軒を連ねている一角があったのを思いだしたのだ。

「私ね、嘉一さんと恋に落ちたことがあったんですよ」松浦多恵が歌うように言った。

いきなり、恋話をされたものだから、面食らった。

松浦多恵という老女は認知症を患い、徘徊《はいかい》しているのかもしれない。或《あ》ることに気づいた。バッグを持っていなかった。手ぶらで家を出てきたらしい。ますます怪しい。しかし、態度も話し振りもしっかりしている。

「嘉一さんは背が高くて、男前だったのよ」

「お付き合いしていたのはいつ頃のことなんですか？」

「私が二十三、四の頃」

「というと……昭和三十五、六年ぐらいのことかな」

「もう少し前です。フランク永井の『有楽町で逢《あ》いましょう』って歌、ご存じでしょう？」

「ええ」

「あの歌がヒットしていた頃に会ったんです」

「お婆《ばあ》ちゃんはどこに住んでるんです？」

松浦多恵は眉間《みけん》にシワを寄せて、昭二郎を睨《にら》んだ。「お婆ちゃんって言い方、止《や》めてくれません？　多恵と呼んでください」

「失礼しました。それで、多恵さんはどこに……」

「新宿の大京町です」

「電車で来たんですか？」

「タクシーです。でも、どうしてそんなことが気になるんです？」

「ご家族の方は、多恵さんが北畑さんを探しに白金に来てることを知ってるんですか？」

「まあ、そうですが」

多恵がつんとした顔をした。「いちいち断る必要ないでしょう？」

「最近ね、昔、恋をした人たちの夢をよく見るんです。何だかお告げのような気がして、嘉一さんにもう一度会えるものなら会いたいと思って、出かけてきたのよ」

昭二郎の頬がゆるんだ。〝恋をした人たち〟か。ひとりではないところが何となく微笑《ほほえ》ましい。

「失礼ですが、多恵さんはおいくつなんです？」

「先月、八十三になりました」

「お若く見えますね」

「お世辞はいいです。喫茶店『ローマ』はまだでしょうか？」

「次の角を左に曲がった辺りに昔、喫茶店があったはずです。でも、もう跡形もないですよ」

目指した通りに入った。マンションが立ち並ぶ一方通行の道である。

熊谷鉄工所というのが目に入った。昭二郎が子供の頃からある鉄工所である。鉄工所の並びにバーや喫茶店があったのは間違いない。

昭二郎は白亜の建物に目を向けた。「多恵さん、そのマンションが建っている辺りに喫茶店があったんですけどね」

「私が探してるのは、『ローマ』という喫茶店です」

昭二郎は眉《まゆ》をゆるめた。「そう言われても、他に喫茶店があったところは思いつきません」

「あなたはおいくつ？」

昭二郎は歳を教えた。

「物忘れをする歳じゃないわね」

「そんなことはありませんよ。昨日、何を食べたかも思い出せないことがあります」

多恵の眉根が険しくなった。「それは危ないわね」

十八歳も年上の人間に、認知症を心配されるなんて。昭二郎は苦笑する外なかった。

「日野さん、マンションの管理人さんに訊いたら何か分かるかもしれないわね」

「それは無理でしょう。新しい人しか住んでないでしょうから。そこの鉄工所なら昔からありますけど」

多恵は昭二郎から離れ、つかつかと鉄工所の中に入っていった。

作業中の工員たちが、多恵に不審気な視線を向ける。

「日野さん、何してるんです。一緒に来てください」

昭二郎は軽く溜息《ためいき》をついてから、工場に入った。

機械が稼働《かどう》している音がわんわんと工場内に響いていた。溶接の火花も散っている。

奥が事務所になっていた。電卓を叩《たた》いていた男が立ち上がり、ガラス戸を開けて出てきた。歳は四十四、五というところだろうか。

「ちょっとお伺いしますが、お隣に昔、『ローマ』という喫茶店がありましたか？」

多恵が訊いた。

「喫茶店？　そんなものはないよ」

多恵が昭二郎の方に目を向けた。「喫茶店はあったんですよね」

「お宅はお若いから、分からなくても無理はありませんが、そうですね、五十年ほど前は、お宅の隣にはバーや喫茶店があったんです。あなたはここの社長さんですか？」

「そうだけど」

「お父さんかお母さんなら知ってると思いますが」

「で、何でそんな喫茶店を探してるんだい？」

「私と恋仲だった人が、その喫茶店の息子だったんです」多恵が口をはさんだ。

「はあ」男は口をあんぐりと開け、まじまじと多恵を見つめた。

「お父さんかお母さんに会わせていただけませんか」多恵が男に迫った。

男が昭二郎に目を向けた。「あんた、この人の息子さん？」

「いえ。たまたま知り合っただけです」昭二郎は、父親の経営していた工場の場所を教え、自分も地元の人間だと告げた。

「日野バルブって聞いたことあるよ。ちょっと待ってて」

男は事務所に戻り、奥のドアから出ていった。

「嘉一さんって、恰好《かっこう》いいバイクに乗ってたんですよ」

多恵の頭の中には北畑嘉一のことしかないようだ。

男が事務所に戻ってきた。ひとりではなかった。ずんぐりとした老人と一緒だった。

男に勧められて、昭二郎は多恵を先立て事務所に入った。

「父です。確かに隣の隣に『ローマ』って喫茶店があったそうです。後は父から聞いてください」

工員が事務所にやってきて社長を呼び、社長は事務所を出ていった。

昭二郎が先に名乗った。多恵がそれに続いた。老人は熊谷壮一といった。

「まあ、お座りください」

昭二郎たちはソファーに腰を下ろした。

「北畑嘉一さんが今、どちらにいるかご存じですか？」多恵が前のめりになって壮一に訊いた。

「『ローマ』の経営者はかなり前に店を売って、引っ越してったよ」

「どこに？」

「雷神山公園の方だと聞いたけど、詳しいことは知らないな」

「雷神山公園ってどこにあるんです？」

「それは私が知ってます」昭二郎が口をはさんだ。

多恵が視線を壮一に戻した。「息子さんがいたのを覚えてます？　その人が嘉一さんというんですけど」

「私よりもずっと年上の息子がいたね。だけど嘉一という名前だったかどうか、俺は覚えてない」

「ひとり息子だって言ってましたから、その人が嘉一さんです」多恵はきっぱりと言い切った。

「嘉一さんってどんな人だったんですか？」昭二郎が訊いた。

壮一はちらりと多恵を見てから、視線を昭二郎に戻した。「よくバイクを乗り回してたな」

「間違いないわね。日野さん、その何とかいう公園まで連れていってください」

昭二郎は黙ってうなずき、壮一に礼を言い、腰を上げた。

「ちょっと待って。お手洗いをお借りしたいんですけど」多恵が言った。

壮一が場所を教えた。多恵は事務所を出ていった。

「あなたはどうして彼女に付き合ってるんです？」

「成り行きですよ」昭二郎は力なく笑った。

壮一がちらりと、多恵が出ていったドアの方に目をやった。

「『ローマ』の息子は、かなりの遊び人で、仕事もせずにバイクを乗り回し、ビリヤードや雀荘《ジャン》にいりびたってたという話だよ。ともかく、評判の悪いヤサ男だったね」

そこまで言って、また多恵が出ていったドアの方に目を向けた。「あんな上品な婆さんが、あんな男と付き合ってたなんて信じられない」

「当時は、あの人、婆さんじゃなかったですよ」

壮一がにやりとした。「そうだな。あの人も不良だったのかもしれないね」

多恵が戻ってきた。昭二郎たちは鉄工所を後にした。

壮一の言っていた雷神山公園の正式な名称は、雷神山児童遊園である。

熊谷鉄工所からはかなり離れているが、同じ白金地区にある。

「少し歩きますよ」

「日野さんってとてもいい方ね」

昭二郎は多恵を放り出すことができなかった。道に迷った仔犬《こいぬ》にまとわりつかれたような気分である。

乗りかかった舟。どんな形でも一応の結果が出るまでは付き合うことにした。

「嘉一さんは、いくつなんです？　生きてるとしてですが」

「生きてますよ。夢に出てきた嘉一さんはとても元気でしたもの。彼は私のふたつ上です。でも、今でもバイクに乗ってる気がします」

歳を取ると思い込みが激しくなるものだ。しかし、多恵の言っていることは妄想に近い。

三光坂に出た。

細い道に入り、階段を上がった。階段を上り切ったところが雷神山児童遊園だった。

三百坪ほどしかないささやかな空間にブランコや滑り台などの遊具が設置されている。

至る所にソメイヨシノが植えられている。遊園はまさに桜色に染まっていた。

昭二郎は多恵を連れて、近くの家を回った。通りすがりの人を呼び止めもした。

そうやって一時間以上、北畑嘉一の住まいを探した。

しかし、見つからなかった。

昭二郎は多恵を連れて遊園に戻った。

多恵がベンチに腰を下ろした。昭二郎は彼女の前に立ったままだった。

「見つけ出すのは無理なようですね」

多恵はしょんぼりとした顔を昭二郎に向けた。

「やっぱり、亡《な》くなってるんじゃないかな」

「あの人はまだ生きてます。長生きの家系だって言ってましたし」

昭二郎は多恵の隣に座った。桜の花びらが風に静かに揺れていた。

「おふたりのなれそめは何だったんです？」

「ハイヒールよ」

「ハイヒール？」

「歩道の敷石の溝《みぞ》があるでしょう？　その溝にヒールが嵌《は》まって抜けなくなってしまったんです。その時、助けてくれたのが嘉一さんだったの。銀座四丁目の交差点の近くでした。都電に乗ろうとしてたんです、私」

「なかなかない出会いですね」

「踵《かかと》がもげちゃったから、嘉一さん、どこからともなく現われて私を抱え、靴磨きのところまで連れていってくれたのよ」

壮一の話によると嘉一は遊び人だったらしい。ハイヒールの事件は、可愛い女の子に近づく絶好のチャンスだったのかもしれない。

「靴が直った後、お茶に誘われたわ。とてもお話が上手な人でね。今でもアイシャドーの話を覚えてます」

「どんな話なんです」

「フランスの貴族は、結婚してからも、夫も妻も愛人を持つのが普通だったそうよ。でも、いつでもお相手がいるわけではないでしょう。夫が愛人と会って家に戻ってきた時、相手のいない奥方の方は恰好がつかない。だから、目に隈《くま》を作って、いかにも自分も愛人と会ってきた振りをした。アイシャドーは、遊び疲れたことを演出する道具だったんですって」

「男のくせに、嘉一さん、化粧品に詳しかったんですね」

「彼の作り話かもしれないけど、とても面白かったわ。その日、彼が私を家まで送ってくれたの。バイクでね。五月の気持ちのいい日だったから爽快《そうかい》だったわ」

「その頃、多恵さんはお勤めしてたんですか？」

「ええ。製薬会社のBGでした」

「BG……。懐《なつ》かしい言葉ですね」

「今はOLって言うのよね」

「それで、嘉一さんとはどれぐらい付き合ったんです？」

「三年とちょっと。私も嘉一さんも結婚したかったんですけど」多恵は遠くを見るような目をした。

「どうしてしなかったんです？」

「父が興信所に頼んで、嘉一さんのことを調べたんです。嘉一さん、家業もろくに手伝わず、遊び回ってる人でした。私と付き合う前は、女がふたりもいたんです」

「それじゃ、お父さん、猛反対したでしょうね」

「母も一緒になって、私が騙《だま》されてると言ってました」

「それでも、多恵さんは別れる気持ちにはならなかった」

多恵がこくりとうなずいた。「興信所が調べたことを、私、彼に教えました。嘉一さん、素直に認めたわ。でも、心を入れ替えると誓ってくれたのよ。多恵ほど好きになった女はいないとも言ってました」

「で、本当に心を入れ替えたんですか？」

「ええ。自動車のセールスマンになりました。髪型も服装も変えて、真面目《まじめ》な生活を始めたんです。父にそのことを教えましたけど、全然、相手にされませんでした」

「じゃ、それで関係が終わってしまったんですね」

多恵は首を横に振った。「嘉一さん、うちにやってきて、父に結婚させてほしいと頼んだんです」

「すごいなあ。嘉一さん、本気だったんですね」

「そうよ。あの人、私に夢中だったの。でも、父は、うんとは言いませんでした。それで私、家を出ました」

「彼と一緒に住んだんですか？」

「いいえ。友だちの家に居候《いそうろう》したんです」

「じゃ、心置きなく会えるようになったわけですね」

「ええ。でも」多恵が目を伏せた。「私が悪いんです」

「どうして？」

「嘉一さんの足の指は変に長くて曲がってました。それを或る日じっと見ていたら、彼のことが嫌になってきたんです」

昭二郎はあっけにとられた。「それだけのことで？」

「あの人の足の指が普通の大きさで曲がってなかったら、結婚していたかもしれません。私、若かったんですね。生理的に受けつけないって思った途端、気持ちが冷めてしまったんです。恋って残酷ね」多恵が他人事《ひとごと》のような口調で言った。

「別れを告げられた時、嘉一さん、どんな態度を取ったんです？」

「泣いてたわ。その涙を見てたら、もっと嫌になってしまって」

「嘉一さんに同情したくなりましたね」

「私って嫌な女だと思います。でも、しかたないでしょう。嫌いになってしまったんですから」

「うん。恋ってそんなもんですものね」

「日野さんはご結婚なさってるんでしょう？」

「してましたが、今はひとりです。離婚しましてね」

「じゃ自由の身ね。恋は？」

昭二郎は短く笑った。「してません。大体、相手がいませんから」

「それはもったいないわね。まだお若いんだから、恋ぐらいしなくっちゃ」

「多恵さん、恋は残酷だっておっしゃったじゃないですか？」

「残酷な結果に終わることもありますが、恋はいいものですよ」

「確かにね」昭二郎はつぶやくように言った。

恋がしたい。昭二郎は最近、よくそう思うようになっていた。

離婚したのは二十年前、四十五歳の時だった。以来、独身を続けているが、その間、一度、バーのママと付き合った。しかし、結婚は考えなかった。彼女と破局したのは金の問題だった。店がうまくいかなくなったことで、昭二郎は援助した。しかし、店は立ち直ることはなく、彼女は酒に溺《おぼ》れるようになった。結果、昭二郎の方から逃げ出したのである。

別れた妻は再婚した。ひとり息子も大きくなり所帯を持っているが、交流はほとんどない。

ひとり暮らしにもすっかり慣れたが、無性に人肌が恋しくなり、枕《まくら》を抱きしめることも珍しくない。

昭二郎と同じように退職した連中と飲み会をやることが時々ある。

昨日は、飯田、角倉、桃井と神田で飲んだ。全員が暇で、早く就眠するから、集合時間は午後四時という早さだった。

昭二郎が恋をしたいと、酔った勢いで告白したところ、外の三人に大笑いされた。

「お前に、そういうことを言われると、背筋が寒くなるよ」孫が三人いる飯田が言った。

「そんなにおかしいか」

「自分の顔を鏡で見てみろよ。そんな青春ドラマみたいなことを言う歳か」

「セックスはしたいな」角倉がつぶやくように言った。

「死ぬまでセックス。よく週刊誌に出てくるけど、俺はもういいな。そんな気なんか全然起こらないよ」桃井が焼酎《しょうちゅう》を飲み干した。「セックスしてないと前立腺《ぜんりつせん》肥大になりやすいらしいがね」

「それはオナニーしてれば大丈夫だよ」と角倉。

「お前してるのか」

「もちろんだよ。カミさんに隠れてやるのが大変だけどな」

「俺はもうＥＤ状態。そっちは卒業したな。恋もセックスも俺にはもう関係ない」飯田がそう言って、ふうと息を吐いた。

「恋をしたいのか、セックスがしたいだけなのか、俺自身もよく分からない。多分、その両方だと思う」昭二郎が言った。「恋をしてセックスをするというのが一番だな」

他の連中が呆《あき》れた顔で昭二郎を見た。

帰りの電車で色っぽい女が目に留まった。女を濡《ぬ》れた目で見ている自分に気づいた。

外の三人は本当に恋をしたくないのだろうか。本音だとしたら、自分の方がおかしいことになる。しかし、胸をキュンとさせる出会いを求めている気持ちは消えなかった。

多恵という見知らぬ女の相手をしてやっているのも、彼女が、昔の恋人を探していると言ったからかもしれない。

家でテレビを視《み》たり、パソコンからエロサイトに入ったりしているよりも、多恵の話を聞いている方が新鮮な空気が自分に入り込んでくる気がした。無聊《ぶりょう》をかこっている身にとっては、よい暇潰《つぶ》しになっているのだった。

昭二郎は咲き誇っている桜を見ながら黙っていた。多恵はベンチにちんまりと座っている。

「ご家族はおありなんでしょう？」ややあって昭二郎が訊いた。

「娘と暮らしてます。娘も日野さんと同じで離婚してまして。この間までは孫が一緒だったんですけど、今は奈良に住んでます」

「ご主人は？」

「だいぶ前に亡くなりました。とてもいい人でしたけど、彼は夢に出てきません。どうせ近いうちに、私、彼のところにいくからでしょうね」多恵が顔を上げた。「ここの桜、綺麗《きれい》ね」

「知る人ぞ知る、桜の名所なんですよ」

「日野さん、おひとりですか。お寂しいわね」多恵がしんみりとした声で言った。

「いえ、全然。ひとり暮らしは気楽でいいです」

多恵が目の端で昭二郎を見た。「強がってません？」

「たまには人恋しくなることはありますよ。恋もしてみたいって気になる時もないわけじゃありません」

「そうでなくっちゃね」多恵が愛くるしく相好を崩した。

「でも、結婚はもういいですね。距離を持ったお付き合いがいい」

「駄目ですよ。身を焦《こ》がすような恋をしなきゃ」

「それはもう無理ですね」

「そんなことないわよ」

昭二郎は曖昧《あいまい》に笑って、ポケットから煙草《たばこ》を取りだして火をつけた。

「多恵さんの方から別れたのに、今頃になって嘉一さんに会いたいというのは、どういうことなんです？」

「さっきも言ったでしょう。嘉一さんが夢に出てきたからです。冷たく振ったのは私ですけど、恋い焦がれていた時期はありましたから。私、思い出を完結させたいんです」

「完結させるって、どういう意味ですか」

「自分でもよく分からないんですけど、恋した人に会うことで、思い出が思い出じゃなくなるでしょう。目の前にその人が現れるんですからね」

「相手が死んでいたって分かった場合はどうなるんです」

「それも一応、完結したことになります。私の歳になったら、過去しか心を動かしてくれるものはないんですよ」

「多恵さんは、他にもたくさん恋をしてきたようですね」

「ええ。嘉一さんと別れてすぐに、シャンソン歌手と恋に落ちました。田名部《たなべ》彰《あきら》さんという方で、彼とはね、レコード屋さんで知り合ったの。一枚しかないレコードに、ふたりが同時に手を出したんです。彰さんは女の私に譲ってくれました。それがきっかけで、銀巴里《ぎんパリ》に彼のステージを観《み》にいくようになったんです。銀巴里ってご存じかしら」

「もちろん」昭二郎は勢い込んで答えた。「伝説のシャンソン喫茶ですよね。実は、私、学生の頃、銀巴里の前の中華料理屋でバイトをしていたことがあったんです。よく出前を運んだし、出演者がよく食べにもきてました」

「日野さんとはご縁があるわね」

「で、そのシャンソン歌手も、多恵さんが振ったんですか？」

「彼との恋は最初から結ばれないものだったのよ。だって、相手は結婚していて、子供もいましたから。歳も二十歳ほど違ってたし。でも、大恋愛だったわ。相手は奥さんと子供を捨てると言い出したんですから」

「多恵さんが止めたんですか？」

「いいえ。私は彼に従うつもりだったのよ。でも、向こうの奥さんがね」

「怒鳴り込んできた」

「ならいいんですけど、自殺を図ったの。未遂で終わったからよかったけど、それが原因で泣く泣く別れたんです」

「そのシャンソン歌手の人も探すつもりですか？」

多恵がくくくっと笑った。「もうとっくに死んでますよ」

「そうですね。二十歳も違ってたら死んでますよね。失礼しました」

遊園に歳老いた背の高い男がやってきた。多恵の目つきが変わったが、それは一瞬のことだった。

ひょっとして嘉一ではなかろうか、と多恵は思ったようである。

「嘉一さんがここを通るかもしれない、って思ってるんですね」

「そういうこともあり得るでしょう。こんなに桜が綺麗に咲いてるんですもの。私、嘉一さんと上野の桜を観にいったことがあるんですよ」

「あなたが彼を振ったんですから、彼はあなたに会いたがらないかもしれない」

「いいえ。とっても喜んでくれると思う。嘉一さんは、大昔に振られたことなんか気にするほど小さな男ではないわ」

苦い経験も時が経てば、波に洗われた石のように丸くなるものだ。嘉一が懐かしがることもあり得るだろう。

「日野さんはどうなんです？　記憶に残る女性はいないんですか？」

そう訊かれて思い出す女はひとりしかいなかった。二十歳の時に恋に落ちた伊東《いとう》知代実《ちよみ》という女である。

知代実は音大のピアノ科の学生で、歳は昭二郎と同じだった。

知代実は黒い髪を真ん中で分けていた。目が顔からはみ出さんばかりに大きく、少し斜視だった。面と向かってしゃべっていても、彼女の目は焦点が合っていない。それが却《かえ》って、昭二郎には神秘的に見えた。

学園祭で、友だちに紹介された瞬間に、昭二郎は知代実の虜《とりこ》になった。

学園祭の会場を一回りした後、数名で喫茶店に入った。昭二郎の隣が知代実だった。クラシックに詳しくない昭二郎だったが、何とか彼女との会話のきっかけを探そうとして、ベートーベンやショパンを持ち出した。知代実は昭二郎の質問に愉《たの》しそうに答えてくれた。

知代実の住まいは恵比寿だった。白金に戻る昭二郎は一緒に山手線に乗った。

「伊東さん、よかったら、電話番号を教えてくれませんか」昭二郎はやっとの思いで訊いた。

知代実は躊躇《ためら》うような素振りを見せた。昭二郎の首筋にじわりと汗が湧《わ》き出てきた。

「また会えたらなあ、って思って」

「両親がとても厳しいんです」

「電話をする時は女の人に頼みます。それでも駄目ですか？」

「それならいいですけど、大学のクラスメートだと、頼んだ人に言ってもらってください」

昭二郎は電話番号を交換した。

知代実の家に電話をする時は喫茶店に入り、ウェートレスに知代実の家に電話をさせた。

このようにして、ふたりの付き合いが始まった。よく映画を観にいった。クラシックのコンサートにも付き合った。昭二郎は途中で眠くなりそうになったが、我慢して聴いていた。

手を握ったのは、ドイツから来日したピアニストのコンサートを聴いた後、立ち寄った公園でだった。キスもしようとしたけれど、知代実に拒否された。

知代実には門限があった。午後十時までに家に帰らなければならなかったのだ。父親は不動産の仕事をしていると言っていたが、家のことはあまり話したがらなかった。どことなく陰があり、人を寄せ付けない雰囲気のある女だった。それでも、昭二郎は知代実に夢中になった。

恋文を書いた。当然、差出人は女の名前にした。すぐに返事がきた。

知代実も昭二郎に気持ちがある、としたためられていた。柔らかい綺麗な文字だった。昭二郎は何度、その手紙を読み返したことか。

相思相愛と分かったことで意を強くした昭二郎は一泊旅行に誘った。しかし、それはできないと断られた。親の目を盗むのがすこぶる難しいというのだ。

知代実とゆっくりとすごしたい。連れ込みホテルのご休憩を使うことも考えたが、今ひとつ気乗りがしなかった。

そこで思いついたのが、一人暮らしをしているクラスメートに部屋を借りることだった。

香取《かとり》という福岡から来ている友だちがいた。彼は池袋に住んでいた。お世辞にも小奇麗な部屋とは言えなかったが、我慢するしかなかった。

知代実に、自分の計画を教えた。彼女は黙って昭二郎の話を聞いていたが、今度は断りはしなかった。

事前に香取と取り決めをして、或る日の午後、彼の部屋を使うことにした。部屋を掃除させ、シーツは新しいものに替えさせておいた。むろん、部屋の借り賃としていくらかを香取に渡した。麻雀《マージャン》で負けが込み、ピーピーいっていた香取は、何度でも使ってくれと喜んでいた。

四畳半に、シングルベッドと机、そして書棚が置かれているので、部屋は狭かった。テレビはないが、レコードプレイヤーはあった。シュープリームスのレコードをかけた。

日の当たらない狭い部屋でふたりきりになると、昭二郎に緊張が走った。知代実も落ち着かない様子だった。

「もっと素敵なところを用意できたらよかったんだけど」昭二郎が頬をゆるめて言っ

た。

「落ち着ける部屋ね。私、どんなに小さな部屋でもいいから、ひとり暮らしがしたいのよ、本当は」

「僕もだよ。お互い東京出身だとそれができないのが悔しいね」

昭二郎は冷蔵庫からビールを取りだした。

ふたりはベッドに横になり、ビールを飲みながらシュープリームスを聴いた。けだるい午後だった。外で子供たちがはしゃいでいる声が聞こえた。

昭二郎は空けたグラスを枕元の台の上におくと、知代実に被《おお》いかぶさるようにして唇に唇を落とした。

このようにしてふたりはやっと結ばれたのだった。

夕方、買い物に出かけた。知代実がカレーライスを作ると言い出したのである。表通りに出て、肉屋や八百屋を回った。突然、知代実との距離がぐんと縮まった気がした。知代実はお嬢さんのはずだが、野菜の吟味の仕方は主婦みたいだった。

「意外だな。知代実はすごく家庭的なんだね」

「私、料理が好きなの。料理ってとても想像力がいる。そこが面白いのよ。でも、今日はカレーだから、凝ったことはしないけどね」

アパートに戻った後、昭二郎はベッドに寝転がり、煙草をふかしながら、知代実が料理を作るのを見るともなしに見ていた。カレーの匂《にお》いが漂ってくると、その気持ちが幸福感がじわじわと胸に溢《あふ》れてきた。

ますます強くなった。

知代実は豆腐とワカメの味噌汁《みそしる》も作った。

カレーライスにしたのは、部屋を貸してくれた友だちに残りを分けてあげられるからだという。気の利《き》く女だと、昭二郎は改めて感心した。

食事をすませた後、ふたりはベッドでただただ抱き合っていた。またセックスがしたくなったが、もうそんな時間はなかった。

「またこの部屋、借りるよ」

「うん。次は私の好きなレコードを持ってくる」

「そうして」

「今度は何を作ろうかな」知代実は愉しそうに言った。

シーツを外し、畳んで部屋の隅に置いた。そして、香取に一言、礼の言葉を残し、
午後九時すぎに、アパートを後にした。

路地に入ってくる人影が見えた。香取だった。

「そろそろいいかと思って戻ってきたよ」香取はそう言いながら、知代実をじろじろと見た。

照れくさいのだろう、知代実は顔をそむけていた。

昭二郎は香取を知代実に紹介した。

「あのう、カレーライスとお味噌汁を作ってありますので、よかったら食べてくださ
い」

「それは助かるな、どうも」

香取と別れた昭二郎は知代実を家の近くまで送った。別れがたかったのである。

それからも昭二郎と知代実は暇さえあれば会っていた。

次に香取の部屋を使うことにした日は朝から小雨が降っていた。池袋駅の西口で知代実と待ち合わせた昭二郎は香取のアパートに向かった。

「ショパンのピアノ曲のレコードを持ってきた。雨の日にはとっても合う曲が入ってるのよ」

昭二郎は知代実の手をぎゅっと握りしめた。

香取のアパートに着いた。スペアキーを借りていたので、それでドアを開けようとした。

その時、路地に足音がした。

ふたりの男が急ぎ足で、昭二郎たちに近づいてきた。両方とも傘はさしていなかった。

ひとりは太った男で、黒っぽいダブルの上着を着ていた。ボタンは外されている。もうひとりは髪をオールバックにし、サングラスをかけていた。ただならぬ雰囲気が漂っている。

知代実は呆然《ぼうぜん》とした顔で、男たちを見ていた。

「お嬢さん、いけませんね。こういうことをしては」太った男が言った。

「………」

「あなたたちは誰ですか？」昭二郎が訊いた。

「このお嬢さんのお父上から監視を依頼されたんだよ」太った男が答えた。

「監視？」

「悪い虫がつかないようにするためだ」口早にそう言った太った男が知代実に視線を向けた。「帰りましょう、お嬢さん」

「嫌よ。私、もう二十歳よ。何をしても自由でしょう」

「そうはいかないのは、分かってるでしょう」太った男がねっとりした調子で言った。

「放っておいてください」昭二郎は太った男を睨みつけた。

「失《う》せろ！」サングラスの男がすごんだ。

「坂巻、声が大きい」太った方が諫《いさ》めた。そして、腫《は》れぼったい目を昭二郎に向けた。

「今日限り、お嬢さんに近づくな」

「彼女が嫌だというんだったら止めますが、そうじゃなければ止めません」

「日野昭二郎。白金のバルブ工場の次男。調べはついてるんだ。お嬢さんは、工場の倅《せがれ》が付き合うような相手じゃない。大人しく引っ込まないと、工場が火事になるかもしれないぜ」

昭二郎は、太った男の脅しに驚き、知代実に視線を向けた。

知代実が両手で顔を押さえて泣き出した。

昭二郎は呆然として、ただ知代実を見つめているだけだった。

「私の父は暴力団の組長なのよ」知代実がしゃくり上げながら細い声で言った。

「………」

「お嬢さんの付き合う相手は、お父上が決めるんだ」

「暴力団の人間と付き合わせるんですか？」

「お嬢さんは立派なカタギさんと一緒になるんだ」

「そんなことを聞いても僕は引きません。彼女の親父《おやじ》と彼女は別人格です」

太った男が鼻で笑った。「そんな青臭いこと通じるわけがねえだろう。お嬢さんを傷ものにした落とし前をつけられるか」

昭二郎は、その嫌な言い方に心底腹が立った。

「僕たちは愛し合ってるんです」

「笑わせんなって。家族に迷惑がかかっても、その愛を貫けるってのかい」

「何かあったら警察を呼びます」

「馬鹿《ばか》も休み休み言え。お嬢さんのことを考えたら、そんなことできねえだろうが」

昭二郎は返す言葉を失った。

太った男が知代実を見た。「お嬢さん、お父上があなたにお話があるそうです。帰りましょう。表で車が待ってます」

知代実は項垂《うなだ》れたまま、口を開かなかった。

「お前は消えるんだよ」サングラスの男がまたすごんだ。

知代実が顔を上げた。「昭二郎さん、今日は帰って」

「でも……」

「ごめんなさい。お付き合いする前からちゃんと話しておくべきだったのに、私、言えなくて。私のことは心配いらないから。落ち着いたら私の方から連絡する」

「必ず連絡くれるね」

「うん」

「それじゃ、行くよ」

昭二郎は力なく言って知代実から離れた。傘をさす気にもなれなかった。

表通りに黒い大きなセダンが停まっていて、運転席の男がじろりと昭二郎を見ていた。


昭二郎はそこまで多恵に話し、また煙草に火をつけた。

「で、それっきりになってしまったんですか？」多恵が訊いてきた。

「手紙が来ましたよ。もうお付き合いはできない、という内容の」

「日野さん、それで引いてしまったの？」

「いいえ。家に訪ねていきましたよ。でも、会わせてはもらえませんでした。その翌々日だったかな、怪しげな男たちが、工場の周りをうろついたのは。父が変に思って、男たちと話をしたら、訳は次男に訊けと言われたそうです」

父親に問い詰められても、昭二郎は本当のことを言わなかった。父親は、息子が悪い連中と付き合っていると誤解したが、そんなことはないと強く否定した。柄の悪い男たちがやってきたのは一度きりだったので、その後、父親に何か言われることはなかった。

知代実と付き合えば、ヤクザがうちにやってくる。警察沙汰《ざた》にしたら知代実に迷惑がかかるから何も言えない。

「……そういうわけで、彼女との付き合いを諦《あきら》めたんです」

「今、彼女、どうしてるのかしらね」多恵がつぶやくように言った。

「さあねえ」

あの時会った、太った男の話から推測すると、娘を暴力団員に嫁がせたいと父親は思ってなかったはずだ。案外、普通の暮らしをしている気がしないでもなかった。

「探してみたいとは思いません？」

昭二郎は首を横に振った。

「どうして？　彼女とのことは完結してないでしょう？」

「私は思い出を完結させたいという気はまったくないですね。思い出は胸に仕舞っておきたい」

今更、知代実に会いたいとは思わない。しかし、多恵と知り合ったことで、知代実のことを思いだし、そして、恋をした時の感覚がまるで昨日のことのように甦《よみがえ》ってきた。

この歳になって、胸が震える想《おも》いを誰かに抱くことはないだろう。だが、恋心だけは呼び覚まされた。

今夜は、知代実のことでも考えて独酌するか。昭二郎は内心そう思った。

「素敵なお話ね。もっと聞かせていただきたいわ」

「もうありませんよ。私は恋多き男じゃないですから」

「あら、残念ね。私、他人の恋愛話を聞くのも大好きなんですよ」

少年を連れた女が遊園に入ってきて、ブランコに近づいた。少年をブランコに乗せ、女が押し始めた。

風が立って、桜の花びらがはらはらと散った。昭二郎の膝《ひざ》の上、そして、多恵の肩にも舞い降りてきた。鼻腔《びこう》をくすぐるのは春の香りだった。

そんな中、初対面の老女の恋物語に付き合い、自分の若き日の恋愛を口にする。すべてが幻想で、夢を見ているような不思議な気分である。

ブランコがゆっくりと揺れ、また桜の花が散った。

もうじき夕暮れが訪れる。

「多恵さん、嘉一さんに会うのは諦めてください」

「もう絶対に会えないかしら」

「多分ね」昭二郎は靴で煙草を踏み消しながら答えた。

「あ、あの人」

多恵の声で顔を上げた。ハンチングを被《かぶ》って、ステッキをついている老人が、桜の木の下を歩いていた。

「嘉一さんに似てます」

昭二郎からは老人の背中しか見えなかった。

多恵が立ち上がり、老人の方に歩を進めた。昭二郎は後をついていった。

「あのう、もしかして」多恵が老人に声をかけた。

老人が立ち止まり、肩越しに振り返った。

面長で顔にシミのある男だった。

「ごめんなさい。人違いでした」多恵が謝った。

「私たち、北畑嘉一さんという方を探してるんですが、ご存じありませんか」昭二郎が口をはさんだ。「古川橋近くから、この辺りに引っ越されたと聞いたものですから」

「北畑嘉一さんね」老人がそう言って、小さくうなずいた。

「ご存じなんですね」多恵の声に力が入った。

「もうだいぶ前に亡くなりましたよ」

「亡くなった……」多恵がつぶやくように言い、目を伏せた。

「ご家族は？」昭二郎が訊いた。

「いなかったね。よく言う孤独死ってやつだよ」

「結婚してなかったのかしら」

「ひとりだったみたいだね。お宅、北畑さんに金を貸した口ですか？」

「いいえ」

「死んだ人のことを悪く言うのは嫌だが、いろんなところから金を借りてたって噂《うわさ》でしたね。妙な投資話を持ちかけて、警察沙汰になったこともあったみたいですよ。でも、町内のお婆ちゃんには人気があったね。彼が集まりにくると、女の人たちが彼を囲んでたもんだ」

「そう、やっぱりね」多恵が満足そうにうなずいた。

「ありがとうございました」昭二郎が老人に礼を言った。

　老人が遠ざかっていった。

「意外だったわ」

「何がです？」

「嘉一さんが亡くなってたことよ。あの人は絶対に生きてるって思ってたんですけど」

「でも、多恵さんの思い出は完結したじゃありませんか」

「そうね。ここまで来た甲斐《かい》があったわ」

昭二郎は腕時計に目を落とした。午後五時を少し回った時刻だった。

「今日、お家には誰もいないんですか？」

「娘がいると思います。今日は仕事が休みだって言ってましたから」

「黙って出てきたんだったら、心配してるかもしれませんよ。携帯、お持ちですか？」

「いいえ。娘に持たされたんですけど、使ってません」

「そろそろ帰らないと、お嬢さんが心配しますよ」

多恵が周りを見回した。「今、私、どの辺にいるのかしら」

「最寄りの駅はですね」そこまで言って、昭二郎は口をつぐんだ。

その遊園は、どの駅からも少し離れた場所にあった。

「私がお家までお送りしましょう」

「本当に?」

「どうせやることは何もないですから」

「疲れたからタクシーを拾いましょうよ」

昭二郎は多恵と共に階段を降り、バス通りに出た。

空車を拾った。行き先を告げたのは多恵である。

「あなたに知り合えて本当によかった。私って運がいいのね」

「多恵さんの執念が、私や先ほどの老人を引き寄せたんですよ」

「嘉一さん、死ぬまで独身だったのは、私のせいかもしれないわね。私のことを忘れられなくて」

「きっとそうですよ。多恵さんのことを死ぬまで想ってた気がします」

昭二郎は心にもないことを口にした。しかし、多恵の思い出のフィナーレにはとても相応《ふさわ》しい一言だと思った。

大京町が近づいてきた。多恵がてきぱきと曲がる道を運転手に指示した。

「そこでいいわ」

タクシーを降りたところに神社があった。

神社のミニチュアと言ってもいいくらいに小さい。鳥居から社殿は二メートルあるかないかである。

その神社の正面の二階家が、多恵の住まいだった。

多恵がインターホンを鳴らすと、女がドアを開けた。

「お母さん、どこに行ってたのよ」女は、昭二郎を怪訝《けげん》そうに見ながら訊いた。

「白金よ。この方、日野さんと言ってね、私が迷子にならないようにここまで送ってくださったの」

「それはどうも」

女は頭を下げた。不信感とまでは言わないが、目に緊張が走っていた。

「お母さんが昔の知り合いを探していたので、少しお手伝いをしました」

「上がってお茶でも飲んでいってください」多恵が言った。

「いえ、私はここで」

「遠慮はいらないですよ。私、神社でお参りしてきますから」

そう言い残して、多恵は通りを渡り、神社に向かった。

「散らかってますけど、どうぞ」

「では、ちょっとだけ」

昭二郎は居間に案内された。狭い縁側があり、その向こうが庭だった。庭といっても、部屋に直したら四畳半程度の小さなものだった。

塀に沿って鮮やかな黄色い花をつけた花木が植えられていた。

娘が煎茶《せんちゃ》の用意をして台所から戻ってきた。

「私、娘の敦子《あつこ》と申します。母がお世話になったようで」

敦子は髪をポニーテールにしていた。大人しい顔立ちだが、素晴らしい輪郭の持ち主だった。目や鼻の配置がとてもいい。ジーンズに臙脂色のトレーナー姿だった。小柄だが、胸がとても豊かで、昭二郎はじっと見てはいけないと自分を戒めた。

「白金に行ったということは、北畑嘉一さんという人を探しにいったんですね」

「ご存じでしたか？」

「ええ。最近、母は彼のことばかり話してましたから」

「思い出を完結させたいっておっしゃってね」

「母がそんなことを……」敦子が目を瞬かせた。

昭二郎は小さくうなずき、煎茶に口をつけた。「お母さん、とても人なつっこい方で、引くに引けなくなって、相手をしました」

「ご迷惑だったんでしょう、本当は」

「いいえ」

昭二郎は退職をし、時間が有り余っていることを教えた。

「お母さんの恋物語、聞いていて愉しかったですよ。しかし、お母さん、しっかりしてますね。記憶もはっきりしてるし、話も若い人間とちっとも変わらない。最初は認知症で徘徊してるのかと思いましたが、全然違ってました」

「元気すぎて心配してるんです。私に何も言わずに、遠出をすることもしょっちゅうですから。でも、母は、旅の終わりが近づいてるって、いつも言ってます。死ぬことへの恐怖が、母を行動的にしている気がします」敦子がしんみりとした口調で言った。

「旅の終わりですか。私は六十五ですが、人生のゴールが近づいてるという気になることがありますよ」

「少し早すぎはしませんか」

「そう思ってはいても、まだまだ、という気持ちにもなりますから、中途半端《はんぱ》な歳なんですね」

「で、嘉一さんという方は見つかったんですか？」

「嘉一さん、ずっと前に亡くなっていました」

「よくそこまで分かりましたね」

昭二郎は何があったかを話した。

「自分の母親ながら驚いてます。そこまで恋に拘《こだわ》る人間ってそうはいないですから。私には二十六になる娘がいるんですけど、恋愛に何か、ちっとも興味がないって言ってます。私、大学の講師をやっていて、いくつもの学校を掛け持ちしてます。それで分かったんですが、今の若い子は、恋は苦手なようです」

「私の若い頃は、誰しもが恋をしたがってましたけど」

「私の時もそうでしたよ」

昭二郎はまた煎茶を啜《すす》った。

気分が高揚している。敦子にぞくっときたのだ。

敦子の正確な歳も分からないし、付き合っている人がいるかもしれない。

しかし、そんなことは今、考えても始まらない。

「こんなことを言うのは照れくさいですが、お母さんの恋物語を聞いていたら、恋ってすごくいいものに思えてきました」

「私も、恋はいいものだと思ってます。でも、もうそんな機会はないですけど」

「そんなことはないでしょう。出会いはどこにでもありますよ」

昭二郎は、また敦子に会えるきっかけを探していたが、なかなか見つからない。長居をするわけにもいかないので気持ちが焦《あせ》っていた。

ドアが開く音がした。多恵が戻ってきたのだ。

「遅かったわね」

「神様にお礼も言ったし、お願い事もしたから」

「どんなお願い事をしたんですか？」昭二郎が訊いた。

「敦子にも日野さんにも、いい人が見つかるようにってお願いしたのよ」

「お母さんたら」敦子が呆れ顔で笑った。

「私、日野さんのことすっかり気に入っちゃったの。ご迷惑でなかったら、またお目にかかりたいわね」

「いつでも声をかけてください」

「敦子、私、自分の恋物語を日野さんに聞いてもらったし、彼の大恋愛も聞かせてもらったのよ」

「私のは大したことはないです。大恋愛は大袈裟《おおげさ》です」

「私も聞きたいわ」敦子が言った。

「とんでもない」昭二郎は首を横に振り、窓の外に目を向けた。「あの花は何て言うんですか？」

「オウバイです」多恵が答えた。

昭二郎は敦子を見つめた。「綺麗ですね」

「そうだわ。敦子、日野さんに、うちで夕食を食べていってもらいましょうよ」

「そんなご迷惑はかけられません」昭二郎は即座に断った。

敦子が小さくうなずいた。「何もないですけど、よかったらどうぞ」

「そうしましょう、日野さん」

多恵にそう言われた昭二郎は受けることにした。

「ビールでもいかがですか？」敦子が訊いてきた。

「じゃ、遠慮なく」

一旦《いったん》台所に姿を消した敦子が、ビールをお盆に載せて運んできた。

「お母さん、ちょっと手伝って」

多恵が敦子と一緒に席を立った。

昭二郎は部屋を見回した。蝶々《ちょうちょう》の模様の入ったカーテン、花柄のテーブルクロス、可愛いウサギが描かれたカレンダー、細々とした調度品……。

女の柔らかさに包まれている気分になった。

敦子という女と知り合えたことに胸がときめいている。

台所から甘辛い匂いが漂ってきた。カボチャの煮付けが食卓に並ぶらしい。

敦子と多恵の話し声が聞こえてくる。

ひとりでビールを飲んでいるのが落ち着かず、昭二郎は縁側に立った。

オウバイの黄色がさらに鮮やかさを増して、芽吹いた心にすっと入り込んできた。

観覧車

小堀孝《こぼりたかし》のマンションの窓から遊園地の観覧車が見える。

辺りはとっぷりと夜の色に染まっていた。

青や赤の光を放っている観覧車はゆっくりと回っている。彩《いろど》り鮮やかな観覧車が孝には大きな歯車に思えた。深い闇《やみ》に散っている幸せの欠片《かけら》をたぐり寄せ、巻き付けて離さない歯車。

孝は鬱々《うつうつ》とした日々を送っていた。

疲れが肩に重くのしかかり、深呼吸をしても、ほっとするだけの酸素が躰《からだ》に回らない。

原因はよく分からない。掃除機がどんなゴミを吸い込んだのか、一言で言い当てることができないように。

部屋にはライオネル・リッチーの『オール・ナイト・ロング』がかかっていた。孝が子供の頃に聴いた曲である。

窓辺を離れた孝は、ジャック・ダニエルの瓶とタンブラーを手にしてソファーに寝転がった。氷や水、或《あ》るいはソーダを用意する気力すらなかった。

小堀孝は小さな出版社を営んでいる。よほどの本好きでないと、孝の会社の名前は知らないだろう。

外国の小説や哲学書を主に扱っているが、日本人の学者の書いたもの、詩人のエッセー集なども出していて、自費出版も手がけている。部数が刷れないので、どの本もけっこうな値段がするが、好きな人は買ってくれるし、図書館からの注文もあるので、何とかやっていられる。

祖父が戦後に創《つく》った会社で、父が後を継ぎ、父が亡《な》くなった五年前、孝は三十八歳で社長となった。

父は山っ気のある男で、上質な本を作っているだけでは収まりきらず、違う会社の名前でエロ本を作り、その儲《もう》けを株に投資していた。株で失敗し、すべてを失いかけたこともあったが、生来、楽天家であったことが運を呼び寄せたのか、父は不死鳥のように甦《よみがえ》り、飲食店の経営にまで手を伸ばしたこともあった。かなりの艶福家《えんぷくか》でもあったようで、母との間で諍《いさか》いが絶えなかった。

母が死んでから、父はすっかり大人しくなり、山っ気はすっかり影を潜め、本業に専念するようになった。心臓マヒであっけなく他界したのは、母が死んで二年後のことである。

父は孝にかなりの財産を残してくれた。観覧車の見えるマンションも父が購入したもので、他のマンションにも部屋を持っていたので、孝には家賃収入もある。

孝には商売っ気はまるでない。子孝行な父が残してくれた資産をしっかり守り、会社が赤字を出すと、自分の貯金を崩して補塡《ほてん》している。

孝は、三十四歳の時に一度結婚した。しかし、結婚生活はたった二年半ほどで終焉《しゅうえん》を迎えた。

相手は本好きのOLだった。快活でよく酒を飲む女で、ころころした躰つきをしていて、眼鏡がとても似合った。セックスの最中に、眼鏡をかけさせたこともあった。彼女は「素顔が気に入らないの？」と最初はいたく心証を害したようだったが、そのうちに、ひとつのプレイだと割り切ったのか、慣れてくると自分から眼鏡をかけるようになった。体位によっては眼鏡が大層邪魔になり、眼鏡のツルが、ふたりの重みで折れてしまったこともある。

妻は事故で死んだ。孝夫婦の馴染《なじ》みのバーは急な階段を上り切ったところにあった。

その階段から酔って転げ落ちたのである。

眼鏡美人の妻を突然失った孝は、無常という言葉が胸に深く突き刺さり、しばらく立ち直れなかった。今でも彼女の眼鏡は大事に保管している。

曲はいつの間にかイエスの『ロンリー・ハート』に変わっていた。

孝は寝っ転がったまま二度ばかり深呼吸をした。

針穴に糸を通せないような人生を送っている。そんな気がしていたが、その考えがそもそも間違っているとも思った。人生に針穴のような確固たるものが存在しているのか。そんなものはないはずだ。そう思うと、少し気が楽になった。

しかし、孝はいずれにせよ塞《ふさ》いだ気持ちから逃れられずにいる。人前では常に明るく振る舞っていたので、彼の胸の底にたゆたっている不安定な心持ちを理解する者はひとりもいなかったが。

金の心配はないし、さして売れないがレベルの高い本を出しているという自負もある。容姿は普通で、特筆すべき欠陥はない。ひとり暮らしの寂しさも感じていない。むしろ、他人に邪魔されない生活に満足している。元より野心家ではないので、分不相応な夢を見ることで起こる欲求不満に苛立《いらだ》つなんてこともありえない。

それにもかかわらず、家に戻ってくると深い溜息《ためいき》をつく日々が続いているのだ。

原因らしきものがあるとしたら、妻の突然の死しか思いつかない。とは言っても、毎日、彼女のことを思い出し、悲嘆にくれているというのではない。年がすぎてゆくにつれ、妻のことを忘れてしまっている日の方がはるかに多くなった。それでも、不意打ちを食らったように愛する人間を亡くした時の、やりきれない気持ちから逃れることはできなかった。

孝は躰を起こし、煙草《たばこ》に火をつけ、酒を喉《のど》に流し込んだ。

インターホンが鳴った。来訪者は、玄関ホールではなく、すでにドアの前にいることはチャイムの音で判別がついた。

孝はドアスコープに右目を当てた。

大きなサングラスをかけた女が、顔を斜めにして立っていた。黒いケープコートを着ている。鮮やかなグリーンのニットがコートの袖口《そでぐち》から覗《のぞ》いていた。目深に被《かぶ》ったキャップの後ろからポニーテールにした髪が垂れていた。

ルージュで光った厚い唇に軽く指を当ててから、周りを見回し、女はもう一度インターホンのボタンを押した。

ひどく焦《あせ》っている様子である。

「はい」孝はぶっきらぼうに応《こた》えた。

「私、竹久真耶《たけひさまや》と申します。困ったら、小堀さんを訪ねるようにと言われました」

「誰にです？」

「安田千咲《やすだちさき》さんです」

孝はドアスコープの向こうの女も知らないし、安田千咲という人間にも心当たりはまったくなかった。

「安田千咲さんなんていう人は知りませんが」

「ともかく、開けてくれませんか。ちゃんとお話ししますから」

孝はドアチェーンを外し、ドアを開けた。

「すみません。お休みのところ」女がおずおずと謝った。

孝は女の周りに目を向けた。女の他に人はいなかった。

「入っていいですか？」

「どうぞ」

孝は居間に女を通した。カルチャー・クラブが『カーマは気まぐれ』を歌っていた。

孝は女にソファーに座るように促した。女はコートを着たまま浅く腰を下ろした。

「竹久さんとおっしゃるんでしたね」

「竹久真耶です。俳優をしています」

孝はほとんどテレビを視《み》ないし、映画館にもここ何年と足を運んでいなかった。芸能界のことはまるで分からない。

「申し訳ないが、あなたの名前を聞いたのは初めてです」孝は申し訳なさそうな顔をして微笑《ほほえ》んだ。

「今、8チャンネルでやってる『目撃者の罠《わな》』という刑事ドラマに出ています。もしもお疑いでしたら、ネットで調べてみてください。私の画像も動画も出てきますから」

竹久真耶は、孝が自分を知らないことに少し誇りを傷つけられたのか、言い方に棘《とげ》があった。

「何か飲みますか？」

「いえ、結構です」

「で、有名な女優さんが、私に何の用なんです？」

「私が、小堀さんのところにいたことにしてほしいんです」

孝は上目遣いに竹久真耶を見つめた。「アリバイを作れと言うんですね」

「そうです」

「さっぱり分からない」

「私……」竹久真耶が目を伏せた。「このマンションに住んでいる三井光太朗《みついこうたろう》という俳優と付き合ってるんです。それがマスコミに知れて、今、カメラマンや記者が外で私が出てくるのを待ち伏せしてます。だから、あなたを訪ねてきたことにしてほしいんです」

孝は三井光太朗という俳優の名前も知らなかった。

竹久真耶はそこまで言って黙ってしまった。膝《ひざ》の上に載せた手を軽く合わせている。親指《じ》を焦れったそうに絡《から》ませていた。

「コート、脱いだらどうです?」

はっとしたような表情に変わった竹久真耶は躰を起こした。そして、ゆっくりとコートを脱ぎ、次にサングラスを取った。

孝は背もたれに躰を倒し、改めて竹久真耶を見つめた。

顔からはみ出さんばかりの大きな目を持った女だった。鼻筋の通っている小さい鼻。薄い眉《まゆ》は吊《つ》り上がっていた。

確かに、この女は俳優なのだろうと孝は思った。しかし、魅力あふるる顔立ちだけで、そう判断したのではない。常に人に見られている仕事をしている自意識が感じられたのである。

「安田千咲という人が、僕のことをあなたに教えたそうですね」

「ええ」

「あなたのお友達？」

「私のマネージャーです」

「マネージャーは僕について詳しく話しました？」

「出版社の社長さんだと言ってました」

安田千咲なる人物は、自分に関して多少なりとも知識はあるらしい。

記憶の底を探ってみた。しかし、思い当たるような人物は浮かんでこない。

「すみません。お水いただけませんか。喉が渇いちゃって」

孝はキッチンにいき、まず氷をグラスに入れ、目の端で竹久真耶の様子を窺《うかが》った。

竹久真耶は背中を軽く曲げ、顎《あご》を上げて前を見つめていた。演技めいた仕草に思えたが、それは女優と知ったせいかもしれない。

水の入ったグラスを渡すと、竹久真耶は美味《おい》しそうに飲み干した。

「もう一杯飲みます？」

「いいえ。これでけっこうです」

竹久真耶という女優の突然の出現が、孝の鬱々とした心模様に綻《ほころ》びを作ったのは間違いない事実である。しかし、気持ちが昂《たか》ぶることはなかった。

小さな愉《たの》しみが時をやりすごさせてくれることはいくらでもある。若い頃好きだった音楽を聴いても、スピーディーに展開するアクション映画を視ても、それは起こる。竹久真耶のことも、それらと同等のものでしかなかった。

孝は竹久真耶に付き合ってやることに決めた。

「で、僕に何をやってもらいたいんです？　具体的に教えてください」

「三井さんは、ツーショットを撮られないために、先ほどひとりで外出しました。ですから、マスコミの人たちは、私が彼の部屋にひとりで残っていると思っているはずです。私と一緒に外に出てほしいんです。マスコミが何か訊《き》いてきたら、私があなたを訪ねてきたと答えてくれませんか」

「あなたが僕を訪ねてきた理由が必要ですね」孝はつぶやくように言った。

「マネージャーの知り合いだと言えばすむと思うんですけど、駄目でしょうか？」

それでも問題はないだろうが、どうせならもう少しもっともらしい口実を見つけたい。孝はいろいろ考えたが、名案は浮かばなかった。

孝はCDを止め、寝室に入り、マフラーとコートを手に取った。

「うまく芝居ができるかどうか分かりませんが、やってみましょう」

竹久真耶の大きな目が安堵《あんど》の色に染まった。

孝と竹久真耶は部屋を出た。

一階に降り、玄関ホールに立った。植え込みの向こうに人影がちらついていた。

自動ドアが開くと、冷たい風がさっと吹き込んできた。彼女を先に立て、植え込みの間のアプローチを通り、歩道まで歩いた。

記者たちが竹久真耶に群がったが、彼らの視線は孝に向けられていた。

「三井さんと喧嘩《けんか》でもしたんですか？」小柄な女の記者が口から白い息を吐きながら訊いた。

「三井さんって三井光太朗さんのことですか？」

「とぼけないでくださいよ」安手の革ジャンを着た痩《や》せ細った男がにやりとした。

鼻にかかった甲高い声が不快だった。他人のプライバシーを暴《あば》くためにずけずけと質問を浴びせるにはぴったりの声である。

「私、この方のところをお訪ねしたんです。誤解しないでください」竹久真耶は落ち着いた調子で言った。

「あなたは誰ですか？」痩せた男がぞんざいな口調で訊いてきた。

「小堀という者で、このマンションに住んでいます」

「竹久さんとは」

「今夜は彼女の相談に乗ってました」

「相談？　三井さんとのことで？」

「三井さんって誰なんです？」

「三井光太朗って俳優です。名前ぐらい聞いたことあるでしょう？」瘦せた男は乱ぐい歯を見せて笑った。

「いいえ。僕はドラマもバラエティーも視ないので」

「じゃ、竹久さんはあなたに何を相談してたんです？」他の記者が割り込んできた。

孝は観覧車の方に目を向けた。幸せの欠片をたぐり寄せる歯車はすでに停まっていて、灯りも消えていた。

「僕は小さな出版社をやってまして、竹久さんは自費出版の相談にこられたんです」

「自費出版？」瘦せた男の声が裏返った。「竹久さんが本を出すんですか？」

「まだそこまでは話がいってませんが」

「お宅の会社、何ていうんですか？」

孝は会社名を教え、サイトがあるからそれを見てほしい、と答えた。

「三井さんに何か頼まれたんじゃありません？」そう訊いた女の目は猜疑心《さいぎしん》に満ちて

いた。

「繰り返しますが、僕は三井某という俳優の名前は、今、初めて聞きました。そんな有名人が、このマンションに住んでいることすら知らなかった」

女の記者の視線が再び竹久真耶に向けられた。「小堀さんとはどのようにして知り合ったんです？　自費出版をやってる会社はいくらでもありますよ」

「マネージャーの紹介です」

「どんな本を出すんです？」女の記者の後ろにいた人間が口をはさんだ。

「それはまだ秘密です」

「事務所はそのこと知ってるんですか？」

「スキャンダラスな内容のものじゃありませんよ」孝が助け舟を出し、竹久真耶に目を向けた。「そろそろ」

「今からおふたりはどちらに？」

孝は薄く微笑んだ。「彼女をタクシーに乗せたら、僕はコンビニで買い物をするつもりです」

竹久真耶が車道に降りた。孝は後についていった。

空車がやってきた。

「またいろいろ話し合いましょう。お休みなさい」

そう言った孝は、タクシーに乗った竹久真耶を見送らずにコンビニに向かった。必要なものを買って、レジ袋を提げ帰路についた。

マンションの玄関に、最初に竹久真耶に質問してきた女記者が立っていた。

「寒いのにご苦労さんですね」孝から先に記者に声をかけた。

「先ほどのお話、全然、信用できません。私にだけ本当のこと話してくれませんか」

「信用するしないはあなたの勝手ですが、嘘《うそ》はついてませんよ」

「じゃ、自費出版する本の内容を教えてください」

「お休みなさい」孝は軽く頭を下げ、マンションに入った。

買ってきたものをキッチンに持っていき、プリンやハムは冷蔵庫にしまった。

それからまたソファーに戻り、グラスに酒を注いだ。

竹久真耶という女は女優というだけに綺麗《きれい》だった。しかし、孝の胸を沸き立たせる女ではなかった。

小さな騒動は終わった。吹きすぎていった風と同じで、孝の心に何も残さなかった。

ただひとつだけ気になることがあった。安田千咲。なぜ、その女が孝を知っていたのか。

小さな出版社である。社長といえども、原稿取りはするし、挿絵画家とも会う。日中は忙しく動き回り、よくしゃべり、よく笑った。しかし、家に戻ると、緞帳《どんちょう》が下りて照明の消された舞台のような気分になり、じわじわと疲労の波が押し寄せてくるのだった。

生きていることそのものが、孝には徒労に思えた。しかし、自ら命を絶つことは一度も考えたことはない。細胞が少しずつ死滅してゆく。その抗《あらが》いようもない事実を受け入れて日々を送っているのである。

夕方から冷たい雨が降り出し、霙《みぞれ》に変わってもおかしくないくらいに冷え切っていた。

雨に光を滲《にじ》ませながら、観覧車がゆっくりと回っていた。

一休みすると孝は書斎に入った。スウェーデンの小説家の作品の訳文が出来上がり、ゲラにした。そのチェックを始めた。一字一字、鉛筆の先を当てて誤字脱字がないか調べてゆく。

十ページほど読み終わった時、チャイムが鳴った。玄関ホールに取り付けられたインターホンの音である。

モニターには見知らぬ女が映っていた。

「はい」孝は素っ気ない調子で応じた。

「私、安田千咲と申します」

孝はオートロックを外した。そして、頃合いを見計らって、ドアに向かった。

ドアを開けた時、ちょうどエレベーターが開いた。

安田千咲は小柄な丸っこい躰つきの女だった。フード付きの赤いコートがきらきらと光っていた。雨の滴《しずく》が、コートの生地に、昆虫の卵のように付着していたのだった。傘は持っていなかった。肩まで伸びた髪はほぼ真ん中で分けられていた。黒髪ではなかった。ゆるくカラーリングをしているようだ。

孝は安田千咲を居間に通した。

「温かいものがいいかな？」

「何でもかまいません」

孝はコーヒーメーカーに豆と水を入れた。スイッチを押した。コーヒーメーカーがくぐもった音を立て始めた。

コーヒーが出来上がるまで孝はキッチンにいた。竹久真耶の時と同じように来訪者の様子を盗み見た。

安田千咲には竹久真耶のような派手さはまるでない。すべて小さくまとまった顔である。ドールハウスで暮らしている人形みたいだった。

コーヒーを淹《い》れてから、安田千咲の正面に腰を下ろした。

「昨日は本当にお世話になりました。ありがとうございました」安田千咲は神妙な顔をして詫《わ》びた。

「どういうことだったのか、説明してくれますね」

「……」

「僕はあなたのことを何も知らない。こうやって会っても分からない。でも、僕とあなたはどこかで会ってるんですよね」

安田千咲は答えない。

「コーヒー、冷めてしまいますよ」

彼女はカップを手に取った。

孝はもう一度じっくりと安田千咲を見つめた。

不思議なことが起こった。安田千咲が、ほんのりと赤く見えてきた。赤外線サーモグラフィーで人の体温を計ると、暖かいところが赤く見える。あの現象に似ていた。雨に濡《ぬ》れた赤いコートの残像のいたずらか。いや、そうではないようだ。

安田千咲が熱を発しているのではない。自分の気持ちが投影して赤く見えるのだろう。竹久真耶は普通の人間にしか見えなかった。普段会っている人間も、通行人も然《しか》り。

しかし、このような経験をするのは初めてではなかった。死んだ妻に恋をした時も同じことが起こった。

孝は目を閉じた。それでも瞼《まぶた》に赤みが貼《は》りついていた。久しぶりに死んだ妻の顔が脳裏に浮かんだ。

「君が赤く見えるんだよ」

「何、それ？」

「説明できない。きっと僕の気持ちの表れなんだろうな」

「それは、つまり、私が好きってこと？」

「多分」

そんな会話を彼女と交わしたことを思い出した。

「どうかなさったんですか？」

安田千咲の声で孝は我に返った。

「いや、何でもありません」

安田千咲はデニムに黒いタートルネックのセーターを着ていた。ネックレスのようなものはつけていなかった。

控え目な服装に隠された肉体もさして特徴のあるものではなかった。しかし、孝にとっては、取るに足らない硬貨の山に紛れた珍品の銀貨のような魅力を放っている。

この時点で、孝はもう安田千咲と深い関係になりたいと強く思った。

「小堀さんは、財前亜由美《ざいぜんあゆみ》という女性をご存じですね」

安田千咲が口にした女の名前に孝はびっくりした。

「やっぱり、知ってるんですね」

「君と財前さんとは……」

「私の母です」安田千咲は淡々とした調子で答えた。「私は小堀さんに会っているかもしれません。でも、当時は私まだ子供でしたから、会っていたとしても記憶にはありません」

当時、という言葉が妙に生々しく聞こえた。

孝が財前亜由美と関係をもっていたのは二十数年前のことで、彼は二十歳で学生だった。

亜由美は孝よりも十五歳上ですでに子供がいた。

孝が亜由美と知り合ったのは新宿にあったショットバーだった。孝はそのバーでしばらくバイトをしたことがあったのだ。

バーテン見習いが辞めたが、適当な後任が見つからない。カクテルなどややこしい酒は作らなくてもいいからしばらく手伝ってくれ、と頼んできたのは父だった。父は、その頃、歌舞伎町と渋谷の道玄坂にバーを持っていたのである。

「孝、何事も人生経験だ」

躊躇《ためら》っていた孝に父がそう言った。

何事も人生経験だ。よく言われる凡庸な言葉に感じ入るものは何もなかった。経験を積んだからどうだというのだ。それでもって人生が分かるなんてことはないと確信していた。生きていることそのものが何かを経験することで、ひとつのことを経験している時は、他のことが経験できないということでもある。たとえば外国に長く暮らせば、人と違った体験をするだろうが、その間、日本のことは分からなくなる。

そんなことをちらりと考えた孝だったが、夜の歌舞伎町で働くことには食指が動いた。遊び歩くことがほとんどなかった孝にとって、それは小さな冒険だった。

水割りを作ったり、食器を洗ったりするのが主な仕事だった。だが、客の相手もさせられ一緒に飲むこともあった。

バーに勤めたことで強く印象に残っているのは、カウンターの中に立つと、客席が別世界に見えることだった。

客たちの表情が、殊更《ことさら》観察せずともよく分かる。顔には出さねども、常連の男が苛々している様子。グループできた男女の関係がどうなっているのか。A男はB子を口説きたいが、B子は興味がなく、むしろ、C男に気持ちが動いている……。そんなことが手に取るように感じられたのだ。

奥行きがたった数十センチしかないカウンターが境界線の役割を果たしていた。客がよく見えるということに、孝はちょっとした優越感を感じた。動物園で檻《おり》越しに、熊や猿やアリクイを見ている気分がしていた。

財前亜由美はそのバーの客で、いつもひとりだった。何をやっている人なのかは分からなかったし、孝から質問を向けることもなかった。何かの拍子に名乗ったので名前だけは知ることになった。

綺麗な酒の飲み方をする女で、早い時間にきて、マティーニを二杯ほど飲むと帰っていった。隣の男客が話しかけてきてもほとんど相手にしなかった。

女のひとり客は珍しいので孝は興味を持った。店を任されていたバーテンの高山《たかやま》さんにそれとなく女のことを訊いてみたが、常連ではないので何も知らないと言われた。常にミニスカートを穿《は》いていた。ボーダーのカットソーがお気に入りのようだった。髪はボブカットをアレンジしたもので、小さな顔によく似合っていた。細い躰のわりにはふくよかな胸をしていた。

或る時、早い時間に父が店に顔を出した。カウンターの端で飲んでいた亜由美に気づくと、父は懐《なつ》かしそうな顔をして彼女に近づき、断りもせずに、彼女の横のスツールを引いた。そして、孝に水割りを作るように頼んだ。

酒を用意し、父に近づいた。

「なかなか様になってるな」父が孝を見、満足げにうなずき、グラスを手に取った。そして、亜由美に言った。「こいつは俺の倅《せがれ》なんだよ」

「いい跡継ぎがいらっしゃるのね」

「孝は水商売には向いてない。人生経験を積ませようと思ってね。ともかく、こいつは本の虫なんだ」

亜由美が孝をじっと見つめた。「恋人はいないの？」

「いないらしい。奥手でね、こいつは」父が孝の代わりに答えた。

孝は女の経験がなかった。クラスメートの中には同棲《どうせい》している者もいたから、自分は遅れていると引け目を感じていた。しかし、女にアプローチする方法もよく分からなかったし、気になる相手もいなかった。

「私、そろそろ帰るわ」

「俺も出る。家まで送っていこう」

「そう。じゃそうしてもらおうかしら」

亜由美が支払いを頼むと、父が首を横に振った。そして、亜由美と共に店を出ていった。

孝は亜由美の後ろ姿を見つめた。視線は、左右にしなやかに揺れる尻《しり》に釘付《くぎづ》けだった。

後日、家でコニャックを飲んでいた父に亜由美のことをそれとなく訊いてみた。

「あれは、売れっ子のエロ作家の奥さんだけど、別居してる。旦那《だんな》が女を作って、ほとんど家には戻ってないんだ」そこまで言って、父が意味ありげな笑みを口許《くちもと》に浮かべた。「お前、あの女に興味を持ったのか」

「そんなこと」孝は自分の顔が赤らむのを感じた。「女のひとり客は珍しいから」

「それだけか」

「それだけだよ」孝は口早に言って、父の部屋を出た。

翌夜、亜由美がバーにやってきた。父を知っているということもあり、孝は、以前よりも気を張らずに亜由美と話ができた。

「亜由美さんは、遅い時間には飲まないんですね」

「そうしたいんだけどできないの。お父さんから聞いてない？」

「いえ、何も」

亜由美が口許をゆるめた。「私、子供がいるの。人を雇ってるから、こうやって出かけられるんだけど、その人、十時には帰ってしまうの。ね、孝さん、明日の午後、私と映画を見にいかない？」

亜由美の見たい映画は『氷の微笑』。話題になっている作品だった。

孝はコマ劇場の前で亜由美と待ち合わせをした。『氷の微笑』は新宿ピカデリーで上映されていた。

午後一時すぎに映画館に入った。マイケル・ダグラスとシャロン・ストーンが主演のサスペンスで、なかなか面白かった。

途中で思いも寄らないことが起こった。亜由美が孝の太股《ふともも》の辺りに手を伸ばしてきたのだ。

孝は亜由美に視線を向けた。亜由美はスクリーンに目を向けていたが、ほんの少しだけ顔を左に振って、挑むように孝を見つめ返してきた。

映画どころではなくなった。孝も自分の手を亜由美の太股に這《は》わせた。掌にじんわりと汗をかいた右手を。孝の目はスクリーンに向けられている。亜由美も同じ姿勢をとっていた。

画面が少し明るくなった時、亜由美が言った。「出ましょう」

孝は、飼い主に忠実な、躾だけ馬鹿《ばか》でかい犬のように、小柄な亜由美について映画館を出た。亜由美は大久保病院の方に歩を進めた。病院の向こうが公園で、その斜め前に小さなホテルがあった。

ホテルの前で亜由美は立ち止まった。視線が絡んだ。亜由美の目は〝いいのね〟と孝に聞いているように思えた。

孝が先にホテルに入り、部屋は空いているか、と訊いた。

部屋は空いていた。ラブホテルではないが、訳ありの男女が利用することも珍しくないのか、フロント係は、歳《とし》の差のあるカップルを見ても、表情ひとつ変えなかった。鍵《かぎ》を受け取ると亜由美を先に立たせ、エレベーターに乗った。

エレベーターのドアが閉まった瞬間、孝はいきなり亜由美に抱きついた。亜由美は予期していたかのように唇を求めてきた。

五階の部屋に入った。狭い部屋で窓から公園が見えた。カーテンを引いたのは亜由美だった。

「脱がせて」

亜由美の甘い声に誘われ、孝はボーダーのカットソーを捲《めく》り上げた。

孝の興奮は、舞台の幕が開く前から頂点に達していた。焦りが、ブラジャーのホックを外すのを手間取らせた。

ブラジャーの紐《ひも》が肩を静かに滑り降りた。

小さな袋に押し込まれていた小動物が解き放たれたかのように乳房が躍った。

裸になった亜由美はベッドに仰向けに寝転がった。糸杉のような恥毛が裂け目に沿って生えていた。裂け目は孝にとっては底なしの深みにしか思えなかった。

パンツ一丁になった時、亜由美が言った。「そのままこっちにきて」

孝は言われた通りにした。亜由美は、立派に上を向いているペニスをパンツの上から愛撫《あいぶ》した。そして、舌先で舐《な》めた。

「すみません。俺……」孝は亜由美に背中を向けてしまった。

これ以上、濃密に接せられると事果ててしまいそうだったのだ。

「初めて？」

孝は答えられなかった。しかし、無言でいることが答えだった。

「いいわよ。どんなことにでも初めてっていうのがあるんだから」

慰めの言葉が耳に心地よかった。孝は亜由美の躰にむしゃぶりついた。

「痛い。もっと優しく」

乳房を揉《も》んでいた時、そう言われた。

亜由美は自分が感じるポイントに、孝の指や舌を誘った。そうやって、亜由美に導かれて、孝は愛撫を続けた。

ペニスが亜由美の太股に触れた瞬間だった。孝は我慢できず射精してしまった。

孝の最初のセックスは、オナニーと挿入の谷間で起こった表層雪崩《なだれ》のようなもので終わった。

羞恥《しゅうち》が全身を駆け巡った。ランナーのスタート準備が整わないうちにピストルを鳴らした、間抜けなスターターのような気分だった。

「大丈夫よ。二十年間の上澄み液を取り除いたようなもんだから。私をしっかり抱いてて」

亜由美との抱擁が孝を落ち着かせた。

回復力にはまるで問題はなかった。仕切り直し。愛撫を続け、暖かくて湿った膣《ちつ》にペニスを滑り込ませた。

男にとって初めてのセックスは、川を泳ぎきり向こう岸に達することに似ている。立ちはだかる川は、激流というわけでもないし大河でもないのだが、渡りきるまでは、その深みに足を取られそうな気がするものだ。

その川を孝は亜由美のおかげで渡り切れた。

それからは、時々、同じホテルで亜由美と密会した。忍び逢《あ》いは大半、午後で、長い時間一緒にすごすことはなかった。

昼下がりのベッドは落ち着かなかった。消し忘れたネオンが昼間点灯しているような不自然さを感じた。

たまにはホテルを出た後、食事を共にし、そのまま孝が働いているバーに行くこともあった。そのまま、と言ってもふたりが一緒に店に入ることはなかった。亜由美は十五分ほど遅れてやってきた。

当然、先ほどまで躰を合わせていたことは、孝も亜由美もおくびにも出さない。お互いに秘密を共有しながら、カウンターという境界線のこちら側と向こう側に分かれ、当たり障《さわ》りのない会話をする。まるで犯罪に手を染めてきた共犯者のような気持ちで孝は亜由美と相対していた。

そして、亜由美がふとした瞬間に、ベッドで見せたような艶《なま》めかしい仕草、たとえば、耳に被った髪に何気なく指を這わせたりすると、肌を合わせた時の残滓《ざんし》が皮膚から滲み出てくるような錯覚を覚えた。

亜由美にすっぽかされたことが一度あった。娘のことで家を出られないのがその理由だった。

「風邪を引いちゃって、娘が」

次に会った時に、亜由美はそう言った。

「娘さん、いくつ？」

「五歳。やんちゃな子で、お相撲が大好きなの。だから、私、よく相手をしてやってる」

「四股《しこ》も踏むの？」

亜由美の目つきが変わった。

「孝君、イヤらしい目になってるわよ」

孝は笑って誤魔化した。

亜由美との関係は、東京に木枯らし一号が吹く頃まで続いた。

別れを口にしたのは亜由美だった。

「旦那が戻ってくるの」

「相手の女とは別れたってこと?」

「多分ね」

「旦那が戻ってきたって付き合えるじゃないか」

「何事にも潮時っていうのがあるもんよ」

「突然すぎるよ」

「ともかく、私は別れるって決めたの。バーにももういかない」

目の前でぴしゃりとドアを閉められたような気分になった。

「孝君は若いんだから、すぐにあなたに見合った人が見つかるわよ。忘れないで、私たちは恋をしたんじゃないんだから」

その通りである。しかし、躰を合わせているうちに、亜由美は肉体関係を越えて愛《いと》おしい存在になっていた。このままの関係をもうしばらく続けよう、と孝は未練たらたらのことを口にしたが、亜由美の意志は固かった。

亜由美は言っていた通り、バーに顔を見せなくなった。

父から、新しい見習いが入るから、もう店には出なくていいと言われたのは年末のことだった。

「父さんの知り合いの亜由美さんって女の人、最近全然こなくなったよ」孝は父にそう言ってみた。

「お前、やっぱり、あの女が気にいったんだな」

「年が違いすぎるよ」

「年の差かあ」父は、頰に笑みを溜《た》めてつぶやいた。

「年の差がどうしたの？」

「いいんだ。お前は気にしなくて」

父は話をはぐらかした。

孝が感情の尾を断ち切るのはそう簡単ではなかった。着慣れた服を突然取り上げられ裸になったような気分だった。

しかし、時が孝を救った。二本の線が交わった後は、限りなく離れていく運命にある。それに似た関係だったと割り切れるようになったのだ。

安田千咲があの亜由美の娘……。孝はしばし口がきけなかった。

「あなたは子供の頃、お相撲が好きだった？」

「はい。私、若花田のファンでした」

「お母さん、あなたにせがまれて相撲を取ってるって言ってましたね」

「よくせがんで、母を困らせてました」

「お母さんが僕のことをあなたに話したんですか？」

「ええ。学生と付き合ってたことがあるって言ってました」

「そんなことを娘のあなたに話したんですか？」

「その時、母はかなり酔ってました。それに母はあけすけな人なんです」

「僕の名前もしゃべったんですね」

「お宅で出した本を買ってました。『フランスの性風俗の歴史』という分厚い本でした。発行人の名前を見て、付き合ってた人はこの人よって言ったんです」

社長になる前から出版する本の発行人は孝だった。

「僕がこのマンションに住んでること、どうやって知ったんです？」

「前に三井さんの部屋に来たことがあったんです。表札、フルネームで書かれていますよね。だから、ひょっとしてと思い、管理人さんに出版社の人ですよね、って訊いたんです」

表札がフルネームにしてあるのには理由があった。小堀という人がもうひとりこのマンションに住んでいるからである。

孝は再びじっと安田千咲を見つめた。千咲から赤い色は消えない。

「で、お母さん、元気なんですか？」

「母は失踪《しっそう》しました」安田千咲は淡々とした調子で答えた。

「失踪？」

「ええ。私の父と結局別れ、それからしばらくして安田という芸能プロの社長と結婚しました。でも、また好きな男ができて、それで家を飛び出したみたい」

「それはいつ頃のことです」

「四年前です」

ふとあることを思い出した。

三年ほど前に、亜由美から、孝宛《あて》の年賀状が会社に届いた。手書きで書かれていたのは〝お元気ですか？　亜由美〟という一文だけだった。

懐かしさがこみ上げてきた。〝元気にやってます〟と書いた寒中見舞いを出した。

宛名は財前亜由美にした。

千咲の話を聞いて疑問が生じた。

財前という男と離婚し、安田姓に変わってたら、寒中見舞いは宛先不明で戻ってきてもおかしくはないのだが。

その時の住所は高田馬場だった。

孝は書斎からパソコンを持ってきて、住所録を開いた。

財前亜由美　新宿区高田馬場1の9の×　藤沢第一マンション二〇二
千咲の話からすると、家出をしたあとに、孝に年賀状を書いたに違いない。

孝は、そのことを千咲に教え、こう続けた。「お母さん、財前って名前を、お父さんと別れてからも使ってた？」

千咲が怪訝《けげん》な顔をした。「財前って母の旧姓です」

「なるほど」

孝が会った時、旧姓を使っていたのだ。

「母は、今でもそこに住んでるのかもしれないわね」千咲がつぶやくように言った。

「お母さんを探し出したいの？」

「よく分かりません。今更会いたいとは思いませんが、どうしてるかは気になります」

「あなたが五歳の頃、お父さんがお母さんのところに戻ってきましたよね」

「いいえ。私、父の顔はほとんど知りません」

亜由美が別れる際に言ったことは口実だったらしい。

「お母さんを探すの、手伝いましょうか。僕ももう一度、お母さんに会ってみたい」

「本当ですか？」

「うん」

「誰かと一緒の方が心強いです」

「今度の日曜日は空いてます？」

「はい」

千咲が腰を上げた。彼女の背中も赤く燃え立って見えた。

「あ、そうだ。明日の夜、また竹久が、三井さんと彼の部屋で会います。小堀さんのところにきたことにしていただけますね」

「あなたが一緒だと、もっと信憑性《しんぴょうせい》が高まると思うんですけど。竹久さんから聞いたでしょう。僕は、竹久さんが自費出版するなんて大嘘をマスコミについたんですからね」

「明日は無理です。でも、これからはできるだけ竹久と一緒にきます。でも……」

「どうかしたんですか？」

「私、このマンションのどこにいたらいいのかしら」

「ここで僕と一緒に待ってましょう」

千咲が薄く微笑んだ。「いいんですか？」

「もちろん」

千咲が浅く頭を下げ、部屋を出ていった。

孝はもうゲラ読みに戻る気にはなれず、酒の用意をし、ソファーに寝転がった。

赤く見えた女の残像が瞼に残っていた。

どうしても千咲を手に入れたい。久しぶりに欲望が湧《わ》いてきた。

しかし、その相手が財前亜由美の娘だとは。不思議なことに、亜由美が赤く見えたことはなかった。おそらく、赤く見えるのは、自分の精神が赤い息吹《いぶき》を相手に向かって発している時だけなのだろう。亜由美とは激しく躰を合わせたけれど、精神のモーターはさして回っていなかったということらしい。

今更、どうでもいいことなのだが、孝は亜由美とああなったことが仕組まれたものではなかろうか、と或る時思ったのだ。二十歳になった自分に、ひとりでは川を渡りきれないであろうと心配した父が、亜由美を自分に仕向けたのでは、という疑いを抱いていたのである。

孝は父の命によってバーでアルバイトをした。そこに亜由美が現れた。途中で父がやってきて、亜由美と息子を上手に引き合わせた。そして、亜由美は孝を『氷の微笑』という映画に、いや、映画館の暗闇に誘った。

昔は、息子を玄人《くろうと》の女にたくし、男が通過しなければならない行為が円滑に行われるように計らうことはよくあった。

父は同じことを亜由美を使ってやった。そんな気がしてならないのだった。

エロ作家夫人の素性は知らないが、玄人のニオイはしなかった。そんな女が、果して父の企《たくら》みに加担するものだろうか。ひょっとすると、亜由美は父の一時の火遊び相手、情を交した関係にあった女だったのかもしれない。

亜由美に再会できれば、あの時の経緯を素直に訊けるだろう。ともかく二十数年前のことで、父はもう死んでいるし、亜由美も当時結婚していたエロ作家とは別れているのだから。

曇り空の隙間《すきま》から陽が射《さ》してきたように、鬱々とした気分が少しずつ晴れてきた。赤く見える女と、自分の過去をちょっと探検してみるという行為に、孝は夢中になりそうだった。

高田馬場駅前で千咲と落ち合った。

千咲はこの間と同じ赤いフード付きのコートを着ていた。デニムに黒いブーツを履いている。

冬晴れの寒い日で、路上には白い光が走っていた。

孝は事前に住宅地図を調べ、藤沢第一マンションが今も存在していることを確かめておいた。

早稲田通りを明治通りに向かって歩いた。

「お宅のプロダクションの社長は、義理のお父さんなの？」

「はい」

「竹久さんと三井さんは結婚するつもりなのかな」

「そのつもりらしいですけど、ひとつ問題があるんです。三井さんには奥さんがいて、別居して五年も経《た》っているのに、奥さん、離婚届けに判を押してくれないそうです。三井さん、弁護士を立てて粘り強く交渉してるみたいですけど」

「マネージャーとして、竹久さんの恋に加担しても、事務所は何も言わないの？」

「スキャンダルにならないように見張ってろと言われてるだけです。バレそうになったけど、小堀さんのおかげで、マスコミの連中は決定的な証拠が摑《つか》めずにいるようです」

「しかし、こういうことっていつかはバレるね」

「私もそう思います」

馬場口の交差点を右に曲がり、マツダのショールームの裏の道に入った。細い路地がいりくんでいる一角。孝はコピーした住宅地図を確かめながら進んだ。

藤沢第一マンションはすぐに見つかった。低層の古い建物である。

二〇二号室には、黒原《くろはら》という表札が出ていた。亜由美は黒原という名の男と今は一緒にいるのかもしれない。

室内からは掃除機をかけている音が聞こえてきた。

インターホンを鳴らしたのは孝だった。掃除機の音が止まる気配はなかった。

もう一度インターホンのボタンを押した。

掃除機の音が鳴り止《や》んだ。

「はい」しゃがれた女の声がした。

孝は名を告げ、用件を口にした。

「ちょっとお待ちください」

女が亜由美を知っているのは間違いなかった。そうでなければ、孝たちを待たせる理由はない。

ドアが開いたのはかなり経ってからだった。五十代後半に見える窶《やつ》れた顔の女が、まずは孝をじっと見つめ、それから千咲に視線を移した。

「財前亜由美さんをご存じですね」孝が口を開いた。

「汚くしてますけど、お入りください」

女は投げやりな調子で言い、奥に消えた。

八畳ほどの部屋にカーペットが敷かれていて、部屋の大きさには見合わない黒くて大きなソファーと肘《ひじ》掛《か》け椅子《いす》が置かれている。背もたれが高いから余計に圧迫感を覚えた。

女はお茶を淹れてくれた。ガラス製のテーブルの上に陽射しが反射し、光が跳ねていた。

孝は女に名刺を出した。

「出版社の人がどうして亜由美さんを」

「昔の知り合いです。そして、こちらの女性は安田千咲さんといって、亜由美さんのお嬢さんなんです」

女は千咲を見つめ、目を瞬かせた。

千咲も名刺をテーブルの上に置いた。

「お名前、黒原さんでよろしいんですね」孝が念のために確認した。

「ええ。黒原佐知子《さちこ》と申します」

「亜由美さんが、以前、このマンションに住んでいたはずですが」

「ええ。でも、引っ越しました。彼女が出ていった後、私が借りたんです」

「で、亜由美さんは今はどこに？」

黒原佐知子はまた千咲に目を向けた。「お嬢さん、お母さんを探してるんですか？」

「どうしてるか気になって。でも、母が会いたくないんだったら、それはそれでかまいません」

「私、亜由美さんの現在の居場所は知りません。ここから出ていった後は、吉祥寺にいたはずですけど、去年、年賀状が宛先不明で戻ってきました。携帯の番号も変えたみたいで繋《つな》がりませんでした」

「亜由美さんのことは昔から知ってたんですか？」孝が訊いた。

「いいえ。知り合ったのは渋谷の桜ヶ丘にあった雀荘《ジャン》でした。亜由美さんは、その雀荘の経営者と付き合っていて、お店にもよく出てたんです。私、その頃、渋谷で小さなクラブを経営してました」佐知子の頬がゆるんだ。「ソファーもこの椅子も店に置いてあったものなんですよ」

ソファーと椅子が部屋の広さに見合わない理由がはっきりした。

「亜由美さんがここに暮らしていた頃も、雀荘の経営者と付き合ってました？」

　佐知子が首を横に振った。

「別れてから、ここでひとり暮らしを始めたのよ」

「母は、仕事に就いてたんでしょうか？」千咲が訊いた。

　佐知子の目が泳いだ。「いろいろやってたわね。私が知ってるのは、イベントを企画する会社の手伝いをしてたことぐらいですけど。お母さん、とてもてたから……。分かるでしょう、この意味」

　千咲が小さくうなずいた。

　亜由美は、新しく見つけた男の世話になっているのかもしれない。

「どうしてもお母さんに会いたいってわけじゃないのね」

　千咲は今度はゆっくりと首を横に振った。「私も捨てて家出した人ですから、今更、親子の情がどうのこうのなんて言う気はありません。なぜそんなことをしたのかだけは聞いてみたいと思ってますけど」

「お役に立てなくて残念です」佐知子は肩をすぼめ、目を伏せた。

「小堀さん、行きましょう」千咲が腰を上げた。

「突然、お邪魔して申し訳ありませんでした」

孝は千咲の後を追うようにして玄関に向かった。

「もっと詳しく調べれば、お母さんを探し出せるかもしれないよ」表通りに出た時、孝が言った。

「面倒なことまでして見つけ出す気はありません。小堀さん、付き合ってくれてありがとうございました」

「今からうちにこない？」

千咲は少し躊躇う様子を見せたが断りはしなかった。

タクシーでマンションに戻った。

孝はもう亜由美のことなど忘れていた。赤い色に染まった千咲とできるだけ長く一緒にいたい。そのことばかり考えていた。

「観覧車がよく見えるのね」窓辺に立った千咲が言った。

「夜、見る方が綺麗だよ」

酒を勧めたが、千咲は飲まないと答えた。コーヒーを淹れ、千咲と相対した。

「お母さんが見つからなくて残念だったね」

「いいんです。会っても話すことなんかなかったと思いますから。小堀さんは会いたかったんでしょう？」

「懐かしい気分に後押しされて、君に付き合ったけど、僕も会わなきゃならない理由なんてないよ。それより、僕にとって問題は君なんだ」

「私？」

孝はまっすぐに千咲を見た。「僕は君にもっともっと会いたくなった」

「……………」

「突然、そんなことを言われても困るよね」

千咲は押し黙ったままである。

「ごめん。性急すぎたね」

千咲が背筋をのばした。「私、どうしたらいいんですか？」

アプローチしてきた男に対する答えとしては、すこぶる奇妙な物言いである。千咲が何を考えているのか見当もつかなかった。

「頭がおかしいと思われるかもしれないけど、僕は君が赤く見えるんだ」孝は落ち着いた口調で言った。

「意味が分かりません」

「分からなくて当たり前だよ。相手の女の人が赤く見えるのは、これで二度目なんだ。死んだ妻と会った時に初めて起こった。相手を好きになると赤く見えてしまうらしい」

「私、帰ります」

「変なこと言ったから、気持ちが悪くなった？」

「いいえ。人が赤く見えるのは素敵なことだと思います」

「明日の夜、またここに来ない？」

「来る予定になっています。竹久のお付きで」

「竹久さんをひとりで先に帰して、君だけここに残ることはできる？」

千咲はこくりとうなずき、去っていった。

翌夜、家に戻った孝は、観覧車を見ながら千咲がやってくるのを待っていた。何時頃になるかは聞いていなかった。

千咲に会った瞬間に、ぐっと惹《ひ》かれるものがあり、彼女が赤く見えるようになった。結果、鬱々とした気分が遠のいた感じがした。それがいつまで続くか分からないが、千咲と会っている間は、塞いだ心に新鮮な風が送り込まれてくる気がする。

携帯が鳴った。非通知だった。

孝は携帯を耳に当てた。

「小堀さん？」

すぐに相手が誰かぴんときた。

「亜由美さん？」

「ええ」

「黒原佐知子さんにまんまと騙《だま》されたみたいですね」

「昔よりも声が太くなったみたい」

「二十三年振りですかね、お話しするのは」

「千咲とあなたが一緒と聞いてびっくりした」

「もうじき、千咲さん、僕の部屋にきますよ」

「そんな関係だったの？」

「いえ。縁があって仲良しになっただけです」

「千咲には、私から電話があったこと絶対に言わないで」

「なぜ？」

「愚問よ。合わせる顔がないもの」

「千咲さんは、そういうことは気にしてないようですよ。なぜ、自分を捨てて家出したのかは知りたいと言ってたけど」

「私って腰が落ち着かない性格なの」

「ひとつ僕から訊きたいことがあるんですけど」

「何？」

「僕は、亜由美さんの誘いがなければ、男として通過すべきことに少し時間がかかったかもしれない。親父《おやじ》に何か言われて、僕を誘った。後で考えたら、そんな気になったんですけど、本当のところはどうだったんです？」

亜由美がからからと笑い出した。「そんなこと気にしてたの？」

「気にはしてませんが、疑問はできるだけ晴らしておいた方がすっきりする」

「じゃ、お答えするわ。あなたの勘は当たってます。私、あなたのお父さんに頼まれて、あなたに近づいたの」

「お金をもらって？」

「それはないわ」

「じゃ、親父とも関係があったから？」

「まさか。あの頃、私、重い荷物を背負って生きてる気がしてたの。だから、お父さんが、うちの息子は奥手で、まだ女の経験もないらしいって言った時、私の方から誘惑してみましょうかって提案したのよ。お父さん、驚いてたけど、是非、やってみてくれと頼んできたわ。あなたをどう攻略するか考えてるだけでも気が晴れた。あなたと関係をもってからも愉しかったわ。若い男を支配するってそうそうできることじゃないしね」

「お互いにとっていい出会いだったってことですね」

「そうよ」

インターホンが鳴った。

「誰か来たみたいね。千咲かしら」亜由美の声が沈んだ。

「多分」

孝は携帯を耳に当てたまま、モニターを見た。果たして千咲だった。千咲の隣に立っているのは竹久真耶らしい。

孝はオートロックを外した。

「千咲さんですよ。本当に話さなくてもいいんですか？」

「言わないで。近いうちに、私からあの子に連絡を取るから」

「分かりました」

携帯を切ると同時に、ドアに向かった。

千咲は大きめのショルダーバッグを肩にかけていた。

ワインをあらかじめ用意しておいた。音楽をかけた。ビヨンセのCDを選んだ。

千咲はくすんだ紺色のカットソーに花柄のミニスカートを穿いていた。

躰を硬くしてソファーに座った千咲とグラスを合わせた。

千咲は目を伏せたまま口を開かない。千咲を彩る赤がさらに濃くなったような気がした。

「マスコミの連中、外にいた？」孝が訊いた。

「いいえ。今日はいないみたいです。三井さん、離婚が成立しそうなんですって」

「そうなったらもう、竹久さん、こそこそする必要はなくなるね」

「ええ」

孝はマネージャーの仕事について質問した。千咲は考えながら真面目《まじめ》に答えた。

「我《わ》が儘《まま》で自意識過剰の俳優を担当させられたら大変だろう？」

「私はそういう目には遭ってません。竹久は付き合いやすい人ですし」

千咲は、派手な芸能界で仕事をしているのに、彼女自身は地味だった。生臭いニオイもしてこない。

「どれぐらいの時間、ここにいられる？」

「別に決まってません。竹久は勝手に帰りますから」

孝は上目遣いに千咲を見た。「泊まっていける？」

千咲が目を伏せながらうなずいた。

孝は千咲の隣に移動した。そして、彼女の肩を抱いた。千咲は無反応だった。孝はさらに彼女を抱き寄せ、髪を軽くかきあげ、うなじにキスをした。右手はブラジャーに触れている。ブラジャーにはワイヤーが入っていなかった。

やがて千咲が頭を孝の肩に預けてきた。しばらく、その姿勢で彼女の躰に優しく触れていた。それから少し躰を離し、唇に唇を落とした。今度は千咲も反応してきた。ソフトクリームをふたりで舐め合うようなキスが続いた。

孝は千咲を抱き上げた。そして、ベッドまで運んだ。

千咲を仰向けに寝かせた孝は上半身だけ裸になった。千咲は緊張しているようだった。診察台に乗った患者みたいに。

孝が微笑みかけると、千咲がはにかんだ笑みを返してきた。

再びキスをしてから、カットソーを脱がせた。薄いブルーの三角ブラジャーが現れた。ブラジャーを取る。小さいが形のいい乳房だった。

スカートのホックを外すと、彼女が軽く腰を浮かせた。

愛撫を続けた。千咲もそれに応じ、大胆になった。しかし、ぎこちない。何をすべきか頭で考えているような動きである。ストッキングの上から股間に指を這わせた。千咲の躰が一瞬固くなった。

ひょっとすると、千咲には経験がないのかもしれない。今夜がぶっつけ本番の初舞台。そんな気がしないでもなかった。

ストッキングを脱がせた。ショーツを穿かせたまま急所を攻めた。次第に湿り気を帯びてきた。

時間をかけて千咲の気持ちと躰をほぐしていった。そして、千咲の中に入った。何度か高波が孝を襲った。それを我慢することで、さらに波は高まっていった。最後は、チューブに残っている歯磨き粉をすべて出してしまわないと気がすまない吝嗇家《りんしょくか》のように、ペニスに溜まった余滴を、ゆっくりと腰を動かしてしぼり出した……。

事を終えて、しばらくすると、沸点に達した後の独特の静けさに孝は満たされた。

千咲は孝の胸に顔を埋めていた。

千咲に出血はなかった。セックスの悦《よろこ》びを知らないという感じもしなかった。

しかし……。

「初めてだったんじゃないのか」孝はぽつりと言った。

「……」

「いいんだよ、どっちだって」

「やっぱり分かりました？」

「何となくね」

「今でも、私のこと赤く見えます？」

孝は少し躰を離し、千咲を見つめた。「うん。前よりももっと」

てっきり、千咲はそう言われて喜ぶと思ったが、何の反応もなかった。

「母の時はどうでした？　彼女が赤く見えましたか？」

「いや。彼女とはそういう関係ではなかった。つまり恋愛感情なく付き合ってたからね。お母さんは……」そこまで言って、孝は短く笑った。「彼女は或る意味で僕を解放してくれた人だよ」

「小堀さんは私を解き放ってくれました。私、セックスするのが怖かった。子供の頃に父の書いていたポルノを読んでしまったことがあったんです。内容がすべて分かったわけじゃないですけど、挿絵がついているからどんなものか分かりました。すごくショックでした。セックスをする時の女の恰好《かっこう》がグロに思えて」

「今夜もそんな感じがした？」

千咲が首を横に振った。「小堀さんが初めてでよかった。ありがとうございました」

孝は躰を起こした。「ありがとうなんて言われると白けるな」

「すみません。でも、本当にそう思ってるんです」

亜由美にセックスの手解《てほど》きを受けた自分が、二十数年後に、彼女の娘の初めての男になった。不思議な巡り合わせである。しかし、孝は、セックスの指南役に甘んじるつもりは毛頭ない。赤く見える女とは片時も離れたくなかった。

孝は再び、千咲の躰をまさぐり始めた。千咲はそれに応じた。後ろから攻めた時は、ベッドに押しつぶされていた顎《あご》がどうかなるのではないかと思うほど激しく突いた。千咲を慈《いつく》しむ気持ちと肉欲に溺《おぼ》れてゆく自分がない交ぜとなり、彼女と永遠に繋がっていたいという思いが胸に湧き上がってきた。

やがてふたりに休息が訪れ、知らぬ間に孝は眠りに落ちていた。

孝が起きた時には、千咲はベッドにいなかった。居間にも姿はなく、バッグもなかった。

早い時間に出ていったらしい。

次の約束を取り交わすこともなく、メモすら残さず、千咲は帰っていった。

孝の躰から力が抜けた。

千咲が自分に恋をしているとは考えられない。しかし、赤く見える女を手放すつもりはない。

午後になってから会社に出た。遅れているゲラのチェックに夕方までかかった。

陽が落ちた頃、孝のスマホにメールが入った。

千咲からだった。

『小堀孝様
仕事に遅れそうだったので、黙って失礼しました。ごめんなさい。小堀さんのおかげで、ハードルを越えられました。朝、電車に乗って会社に向かったのですが、周りの景色が違ってみえました。これまで車の助手席にしか乗ったことのない人間が、免許を取って、初めて自分で運転した時みたいな感じです。

私が赤く見えると言われたこともとても嬉《うれ》しかったです。

でも、私には好きな人がいます。彼に求められても、ずっと断り続けてきました。理由はもうお分かりのことと思います。二十八になるまで、男を知らないなんて思われたくなかったので。

いずれ近いうちに、私は彼と結婚するでしょう。小さな幸せの中で小さく生きていけることが望みです。

でも、小堀さんは私にとって一生忘れられない人になりました。

もう二度とお会いすることはないと思います。竹久の問題も解決しそうですから。本当に本当に短いお付き合いでしたが、小堀さんは、長く付き合ってきた親友以上の存在です。

最後にご報告があります。先ほど突然母から電話がありました。義父には内緒で会うことにしています。小堀さんとのことは、母にだけは教えるつもりです。

それではこれで失礼します。安田千咲』

孝はスマホを閉じ、ゲラに戻った。しかし、活字を追う集中力はなくなっていた。

孝は物事を筋立てて行動するタイプなのに、千咲にだけは違った。飛躍がありすぎると分かっているのに、結婚まで考えていたのだ。

好きな男がいて、そいつと一緒になる。阻止できるものならそうしたい。

しかし、いくら赤く見えた女でも、相手が自分を想《おも》ってくれないと長続きはしない。

自分は、千咲にとって臨時停車した駅のような存在だったのだろう。亜由美に手解きを受けた時は、亜由美が臨時停車の駅だったように。

家に戻った孝は窓から観覧車を見つめた。幸せの欠片をたぐり寄せ、巻き付ける歯車は、赤や青の光を放ちながら回っていた。

赤く見えた女は自分から去っていった。

再び鬱々とした気持ちが、水が静かに床を濡らしていくように拡《ひろ》がっていった。観覧車は回り続けている。からからと空回りしているように思えた。孝の前には、日常が漠として拡がっていて、それはこれからもずっと続くだろう。赤く見える新たな女が出現するまでは。

エアギターを抱いた男

六十五歳の声を聞いた頃から、漠然とだが将来のことをよく考えるようになった。後どれぐらい元気でいられるだろうか。そろそろ墓を用意しておくべきだろうか。伸び代《しろ》の少ない人生を気にする気持ちは、その後も消えはせず、緩慢に進行する病のように、心にじわじわと拡《ひろ》がってゆき、一年あまりがすぎた。

若かりし頃、パリに暮らしていた。

上野にある美大に通っていたが面白くなくてすぐに辞め、画材屋などでバイトをし、金を貯《た》めた。その金を持って、シベリア鉄道に乗り、パリを目指した。四十年以上前のことである。

用意してきた金はすぐに底をつき、皿洗いなどのバイトをしながら絵を描《か》き続けた。二十七歳の時、ル・サロンという権威ある展覧会に入選した。翌年は、違うサロンでも入選。それがきっかけで、日本人の画商がついた。

パリを引き払い東京に戻ったのは三十三歳の時だった。それからは東京を拠点にして活動している。幾度となく引っ越しをしたが、今は恵比寿の一軒家に落ち着いている。おそらく、何もなければ、そこが終《つい》の棲家《すみか》になるだろう。

パリ時代にはフランス人の女と同棲《どうせい》し、帰国後、美大を出たばかりの女と結婚したが、三年と保《も》たずに離婚した。その半年後に舞踊家の女と一緒になったが二年で別れた。

それからも何人かの女と付き合ったが、結婚はせず、子供も作らなかった。

しかし、ここ数年は、食事を一緒に摂《と》るような相手すらいない。そうなった一番の原因は、私が女の相手をするのが億劫《おっくう》になったからだ。

面倒がらずに、女たちと楽しい時をすごすように努力しないと、老《ふ》け込むのが早くなる。知り合いの彫刻家にそう言われたが、若さに対する執着などまるでない。老いることがそんなに悪いかと逆に言いたくなる。

六十五歳から高齢者の仲間入りするというのは、寿命が伸びているのだから早すぎる、という意見があるが、私は賛成しない。

六十五歳は、人生の幕引きを考えるのに手頃な歳《とし》だと思っている。飛行機が到着点に向かって高度をじょじょに下げていくように、六十五歳ぐらいから、着陸の準備に入るのがベストのような気がしている。

このような考えに反対する人は大勢いるだろうし、六十五の女性の多くは高齢者扱いされることに大いなる不満を抱くに決まっている。人それぞれである。

春頃から、とても疲れやすくなった。健康状態はすこぶるよく、血液検査、心電図、甲状腺《せん》の検査等々、いずれにも問題はなく、今でも深酒をしても保ちこたえられるだけの体力はある。鬱々《うつうつ》とした気分に苛《さいな》まれているわけでもないので、精神面での病を発症しているとも思えない。

にもかかわらず、ぐったりとして何もやる気がしないのだ。

どうしてそうなったのか考えてみた。疑問は案外、早く解けた。

仕事をする気分にならないのだ。

絵描きを目指してから半世紀がすぎた。その間、ずっと描き続けてきた。それなりの知名度を持つ画家になり、熱狂的なファンもついていて、個展を開けば、展示された絵のほとんどはすぐに売れてしまう。

画商は新作を期待して待っているのだが、いっこうにキャンバスに向かう気になれない。

絵を描くことに対しての情熱が薄れている。張り詰めていたものが、すっと抜けてしまった。そうなった理由がまるで分からない。

モチーフが枯渇《こかつ》してしまったのか。いや、そうではなさそうだ。この間、描きかけてやめてしまった作品は悪くない。しかし、描き続ける気にならないのだった。

この歳になって、自分の絵に不満を感じてきたらしい。何か新しいことをしたがっている。だが、何をしたらいいのか分からない。それが今の私の状態なのだ。

新しいことと言っても、世界があっと驚くような斬新《ざんしん》なものを目指しているのではない。そんな作品が描ける力がもうないことはよく分かっている。

新しいものというのは、私を刺激してやまない何か、つまり、自己満足をあたえてくれる何かなのだ。

すべてのアーティストは自己満足を求めて作品を作っている。私にはそう思えてならない。世間的評価も名声も後でついてくるものだ。

若い頃は抽象画も描いていたが、認められた作品はすべて具象画だった。実験的なことに挑んでいる若いアーティストから見たら、私の絵は、田舎の建設会社の社長の応接間に飾られればぴったりだと言われそうなものである。

しかし、風景画にしろ人物画にしろ、すべて孤独をテーマにして描いたもので、透明で冷たい光を放っていて、決して、大勢の人に受けるとは思っていなかった。賞賛を浴び、金持ちのファンがついたと聞いた時は嬉《うれ》しさの底から、何となくがっかりしている気持ちが顔を覗《のぞ》かせていた。分かる人にしか分からない絵を描いているという矜持《きょうじ》が崩れてしまったのである。

そんな矜持など、ガラクタ市で二束三文で売られている縁の欠けた絵皿ほどの価値もないものだが、青二才には大事なものだった。

自己満足できなければ描かない。大声で引退すると言わずとも、新しいものを世に問わなければ辞めたも同然である。

しかし、絵を描かなくなった時間を、何をしてすごせばいいのか。趣味などほとんどない。ゴルフはやらないし、囲碁将棋は嗜《たしな》む程度である。読書と映画鑑賞は好きだが、毎日毎日、本を読み映画を観《み》ていたら退屈してしまうだろう。

私は、家の中の片付けを始めた。

仕舞い放しになっていた古いものを引っ張りだし、置く場所を変えるだけで、そのものたちが新鮮な光を放ち、甦《よみがえ》った。八〇年代初めに買ったウォークマンが見つかった。中にカセットテープが入っていた。乾電池を入れるとかかった。オリヴィア・ニュートン゠ジョンの『フィジカル』が懐《なつ》かしかった。

昔のアルバムを開くと、若かりし頃の自分に出会った。ちょっとだけ付き合ったモデルの女の子の写真も出てきた。モデルをやっていた頃は二十二、三だったが、今は五十近くになっているだろう。多産を連想させる大きな尻《しり》の持ち主だった。郷里の青森に戻って、たくさんの子供を産み、幸せに暮らしているだろうか。

パリ時代の滞在許可証、運転免許証も出てきた。貼《は》られている写真の私の髪は肩まであった。今はその面影すらなく、M字に禿《は》げ上がっている。

パリに着いたばかりの時は、毎日スケッチをしに、街を歩き回っていた。客待ちをしているタクシードライバーたちがおしゃべりしている姿。公園で、耳の長い犬と戯《たわむ》れる爺《じい》さん、セーヌの川岸に並ぶ古本屋……。

あの頃から、自分にはデッサン力があったと、笑みを浮かべながら自画自賛した。

そんな若い頃のスケッチを見ていたら原点に戻りたくなった。

不安と期待を胸に秘めて、街歩きをして、興味をそそられたものをスケッチしてゆく。絵を描くことが一番楽しかった時代に、戻れるものならば戻ってみたい。

翌日から、私はスケッチブックをショルダーバッグに入れ、街を歩き回った。

恵比寿のガーデンプレイスのベンチに座り、道行く人たちを描いた。目黒の自然教育園にも足を延ばした。プラチナ通りと呼ばれる小洒落《こじゃれ》た界隈《かいわい》もスケッチした。小さな公園にたむろする猫たちもモデルとなった。

絵を描いているが、仕事の意識はまるでない。実に楽しく、解放された気分だった。

あっという間に時が流れ、師走《しわす》を迎えた。

恵比寿駅に併設されているビルの中にある本屋に寄った時だった。

「屋上に上がってみようか」

新刊コーナーを離れようとしていたカップルの男の方が女に言った。

「寒くない？」

「大丈夫だよ」

私は、彼らの会話を聞くまで、このビルの屋上のことなど考えもしなかった。

私はカップルの後をつけるようにしてエレベーターに向かった。

屋上には休憩所のようなスペースがあり、ガラスの向こうは庭園になっていた。ドアの左手に菜園が設けられていて、受付には女性がひとり座っていた。

「ここの菜園、一般の人に貸し出されてるんだって」男が女に教えている声が耳に入った。

「よく知ってるね」

「この間、テレビで視《み》たんだ」

一緒に上がってきたカップルが話しながら外に出た。

私もそれに続いた。

木製のフェンスで囲われた菜園には誰もいなかった。風のないどんよりとした曇り空で、雨を運んできそうな黒い雲が遠くに見えた。樹木や花が植えられ、通路のところどころにベンチが置かれていた。

女が、連れていた少女に咲いている花の名前を教えている。親子らしい。

「それはね、葉ボタン。その後ろのはストックっていうのよ。綺麗《きれい》でしょう？」

「うん、綺麗」

母子の姿を父親がスマホで撮っていた。

花畑を目の前にして、愉《たの》しんでいる親子を見ているうちに、自分はどうして、このような生活と縁がなかったのだろうと、ふと思った。しかし、後悔しているのではなかった。幸せそうに見える親子は、今でも遠い存在だった。

高層の建物がぽつりぽつりと建っているが、屋上に迫ってくる建物はほとんどなく、空は開けていた。

屋上庭園を一回りし、菜園に近いところにあるベンチに腰を下ろした。

先ほどまで誰もいなかった菜園に人がいた。野菜の収穫にやってきたらしい。

アポロキャップを被《かぶ》り、サングラスをかけた男で、ひょろっとしていて背が高い。

カーキ色の丈の長いコートを着、よく見るとロングブーツを履いていた。老いたロックンローラーみたいで、野菜を育てるのを趣味にしている男にはとても見えなかった。

私は、スケッチブックを取りだした。

男の恰好《かっこう》と手にしたネギのアンバランスが面白い。フェンスが邪魔をしているので、私は立ち上がって、鉛筆を走らせた。

顎《あご》も鼻も細くて尖《とが》っていて、やたらと耳が大きい。

顔を上げた男が、私の方に目を向けた。私は軽く頭を下げ、微笑《ほほえ》んだ。

男は表情を変えず、また作業に戻った。

遠くの高層ビルと、飛行船のように浮かんでいる雲も描いた。

描き終えて、ベンチに座った時、作業を終えた男が囲いから出てきた。そして、ゆっくりと私の方にやってきた。手には、ネギを入れたビニール袋を持っていた。

「俺を描いてたようだけど、見せてくれないか」

私は大きくうなずき、隣に腰を下ろした男にスケッチブックを渡した。

男がサングラスを外した。両瞼《りょうまぶた》が睫《まつげ》を呑《の》み込んで、目に被さるくらいに垂れ下がり、三日月の形をした隈《くま》が目許《めもと》を覆《おお》っていた。シワの数はそれほどではないが、イボやシミ、そして黒子《ほくろ》が目の周りに目立っている。私が想像していたよりも歳を食っている男らしい。
「なかなか上手だな」

私が描いたのは、男がネギを右手に持ち、地面をじっと見つめている姿だった。

「感じが出てる」男が続けた。

「どんな？」

「食べ物をあたえてくれた大地に感謝してる。周りには雄大な土地なんか拡がってないのに、そのように見える。いい絵だよ」

「ありがとうございます」

「定年退職してから描き始めたのかい？」

男は、私をプロの絵描きだとはまったく思っていない様子だ。誤解を解いても面白くない。素人《しろうと》だった頃の気持ちに戻って、街を歩き回っているのだから。

「絵画教室に通ってます」私は大嘘《おおうそ》をついた。

「どれぐらい？」

「まだ一年も経《た》ってません」

「それでこれだけ描ける。あんた道を間違えたかもしれんな。若い頃に画家を目指していたら、ひょっとすると成功したかもしれん」

「せいぜい似顔絵描きで終わってたでしょう」

「まあ、そういうこともありえるけどな」男はうなずきながら、大きな耳たぶをこね回すようにして掻《か》いた。

自分ではない人間に成りすまし、嘘をつくのは気持ちがいい。そのことに初めて気づいた。

「お近くにお住まいですか？」私が訊《き》いた。

「ああ」

「私の家からも近いんですが、こんなところに家庭菜園が出来る場所があるなんて知りませんでした」

「本当は田舎に引っ込んで、畑でも耕して一生を終わりたいんだが、都会に未練があるから、腰を上げられない。それに家庭菜園だってひとりでやるとなると大変なんだ。ここは、毎日来なくても、水やりや何かは係の人間がやってくれる。好きな時にきて、好きなことをやればいいから楽だよ。風の流れを感じ、土をいじる。そして収穫したものを食べる。やっと人間らしいことをやってる。そんな気になった今日この頃だ」

男はにっと笑った。

「お仕事の方は？」

「ほとんど何もせずに、お迎えがくるのを待ってる」男は空を見上げた。

「以前はどんなお仕事を」

「年を越すと七十二になるが、まだ現役だよ」

「失礼しました」

「いいんだ。俺はギタリスト。ジャズのね」

「ウェス・モンゴメリーなら知ってます」

男の目が輝いた。「彼を知ってれば十分さ。俺も彼の奏法を真似《まね》て演奏してる」

「学生時代に新宿のジャズ喫茶によくコーヒーを飲みにいってましたよ」

「〝ディグ〟〝木馬〟〝びざーる〟……いろんなジャズ喫茶があったな」

「あなたも行かれてたんですね」

「たまにね。で、あんたはいくつ？」

「あなたの五歳下。来年六十七になります」

「ピットインに行ったことはあるか」

「もちろん。あそこで日野皓正《てるまさ》を聴いたことがあります」

「俺もあそこに何度も出てた」

「お名前は？」

「大原《おおはら》。大原史郎《しろう》だ」

「私は津田久男《つだひさお》と言います」

「定年退職ってのも悪くないな」

「どうしてです？」

「人生に区切りがつくじゃないか。俺のような商売には定年がない。だから、毎日のようにギターに触ってる。一番いい時の音はもう出せないのに弾いちゃう。商売にはなってないけど、趣味とも言えない。あんたのように退職して、趣味で絵を描くのとは違うんだ」

「分かります」私はつぶやくように言って大きくうなずいた。

「あんたに本当に分かるかな。弾いてない時でも、演奏が頭から離れない」

「一番いい音が出ていた頃、或《ある》いは、引っ張りだこだった頃に戻りたいわけですか？」

大原は、右の人差し指を立て、私の目の前で、メトロノームの針のように動かしてみせた。

「戻りたい場所などないよ。確かだと思っていたことが、全部、実体なんか何にもない幻のようなものだったってことに、最近、気づいたんだ」

哲学めいたことを口にした大原に私はさらに興味が募った。こんな話をする人間は、もう私の周りにはいない。

「エアギターって知ってるか？」大原が訊いてきた。

「ええ。曲に合わせてギターを弾いてるような動きをする、あれでしょう？」

「社会から退いてるわりには、よく知ってるじゃないか。子供にでも聞いたか」

「私は独り者です」

大原は、ギターを抱えているみたいな恰好をし、右の親指と人差し指でピックをつまんだような真似をした。

「確かな音なんか、俺は出したことがないことが分かった。頭の中で聞こえていたエアギターが奏《かな》でる音に酔ってた。俺の人生そのものが、エアギターみたいなものだったということにも、やっと気づいたってことさ」

「それは辛《つら》い」私はしみじみとした調子でつぶやいた。

大原が怪訝《けげん》な顔をして私を見つめた。「あんた、本当に分かるのか、俺の気持ちが」

「さあ、どうなんでしょうね。それよりもう一度、ギターを抱えた恰好をしてくれませんか」

「スケッチしたいのか」

「はい」

大原はまたギターを抱えているポーズを取った。「ギターを想像して描いてくれよ」

私は彼から少し離れた。そして、さっさっさっと一気に描いていった。

出来上がったスケッチを見せると、大原が目を瞬かせた。「いやあ、素晴らしい。俺が、実在しないギターを抱えてる感じがよく出てる。あんたは大したもんだ」

「よかったら差し上げます」

「いいよ。自分のスケッチをもらってもしかたない。それよりも、あんたは一人暮らしだそうだが、一度も結婚したことはないのか」

「二度、結婚しました」

「見かけによらず、お盛んなんだな。でも、今はひとり。これからのことを考えると不安になるだろう」

「不安にはなりませんが、自分はいつ頃、あの世にいくんだろうかとは考えるようになりました」

「俺なんか、早くお迎えが来ないかって待ってる。自殺したいわけじゃないよ。いつ人生の幕が閉じても思い残すことはないってことだ。悩み事などないし、毎日がそれなりに楽しいとも思ってる。だけど、最近、呼吸することすら面倒だって思うようにもなった。七十二年間、エンジンがかかりっぱなしの車みたいなものだから、そろそろ止めてやってもいい気がしてね。津田画伯はどう思う？」

「ちょっと待ってください。画伯という呼び方は止《や》めてくれませんか」

「気になるか」

「気になります」

「そうか。じゃ、津田さんにする。で、津田さんはどう思う？」

「きっと大原さんは、死に魅了されてるんですよ。七十二歳で、死に魅了されてるっていうのは、気持ちが若い証拠です」

「魅了なんかされちゃいないよ。生きることに疲れてるから、そういうふうに思うだけさ。現在七十二、三の男は、大体、あと十三、四年は生きるという統計がある。それを知った時、重い気分になったね。まだそんなに生きなきゃならないなんて、勘弁してほしいって思ったよ」

「世の中には長生きしたくない人がいるってことを、もう少し認めてもいい気はしますね。寿命が伸びるのは進歩の顕《あらわ》れですが、何でもかんでも進歩すればいいとは私も思ってません。滅びゆく者なんて言うと恰好よすぎますから、フェイドアウトしたがっている人とでも言っておきますが、そういう人たちの思いも大切にすべきですよね」

大原が目を白黒させた。「津田さん、なかなかいいこと言うね」

「この歳ですから、私も死については考えます」

「具体的にはどんなことを?」

「具体的に考えてることは何もありません。さっき言った通り、自分がいつ死ぬかは知りたいですがね」

「俺はそういうことには興味がない」

「終わりの時がいつか分かれば、旅支度がいろいろできるじゃないですか」

「俺は、予定のない旅の方が好きだから、目的地につく時間など知りたくない。いつ死んでもいいって思って、だらだら生きてるのが余生ってやつじゃないのかな」そこまで言って大原は私を見てにかっと笑った。「初対面っていうのはいいとこがあるな。ウマが合うと、何十年も付き合ってきた友人よりも話しやすい」

「遠い関係の方が気楽だってことは、よくあることです」

「同年配の友だちとは、病気の話はよくするが、死についてはほとんど話さない。いつ人生の幕を閉じてもいいんだ、と言ったことはあるけど、そんなことを考えるのは早すぎるって相手にされないんだ」

「決して早くはないですよ」

「あんたがどんな人生を送ってきたかは知らないが、俺と同じように、生きるのが得意ではなかったみたいだな」

自分は生きるのが不得意だったのだろうか。子供の頃から運動神経が鈍かったから、野球をやるとエラーと三振ばかりだった。学校や町内会にあるどんなグループにも属さず、少し離れた場所にいて、彼らの様子を見ている少年だった。イジメに遭ったことはない。無視されていただけである。仲間がいないことは寂しかったが、深く悩んだことはなかった。子供の頃から私は実人生から逃げていて、絵や音楽がもたらしてくれるファンタジーの世界で遊んでいたらしい。

「サラリーマンをやっていて、実人生と折り合いをつけるのが下手だと、さぞや生きづらかったろう」

私は本当のことを言うべきだと思ったが、今更という思いがして口にはできなかった。

「大きな会社でしたから、私でも居場所はありました」

「窓際《ぎわ》に追いやられ、そこで肩を縮めて定年を待っていたのか」

「まあ、そんなとこです」

「利口だな。そういう生き方が一番賢いんだ」

「大原さんは、お勤めはしたことあるんですか？」

「ないよ。大学の時からステージに立ってたから」

「根っからの自由人なんですね」

「そうだけど、自由人を貫くのはけっこう大変なんだ。いつどこで何をしてもいいっていうのは、楽園から追放されたようなもんだから」

「どういう意味です？」

「自由って、安息をあたえてくれる島から大海にひとりで泳ぎだすようなものじゃないか。窓際でも居場所があった時よりも、今の方が不安じゃないのか、本当は」

「私は、あまり物事を突き詰めて考えないタイプの人間だから、今が不安かどうかも分かりません」私は惚《とぼ》けた。「でも、大原さんのお話、実に興味深い。楽園から追放されて、長い間、泳ぎ続けてきた。だけど、今は疲れてしまって、ほどよいところで心地よく溺《おぼ》れてしまうことを望んでいる。そういうことでしょうか？」

大原は驚いた顔をしてまじまじと私を見つめた。「あんたほど、俺の気持ちを明快に言い当てた人間はいない。あんたはどこから来たんだ」

「はあ」

大原が空を見上げた。「人間に化けた天使かもしれないな、あんたは」

「こんな年老いた天使なんかいやしませんよ」

「いないか」

「いませんよ」

私と大原は同時に大口を開けて笑い出した。

「だいぶ寒くなってきたな。そろそろ俺は帰るが、あんたはどうする？」

「私も帰ります」

立ち上がった大原は菜園のスタッフに挨拶《あいさつ》をしてから屋上を離れた。

その時、大原の携帯が鳴った。

「おう、久しぶりだな……。今、恵比寿だよ。……暇だよ、カミさんは軽井沢だし……じゃちょっと寄るかな」

大原は音楽仲間から呼び出しがかかったと言った。

私たちは一緒にエレベーターに乗った。

「軽井沢に別荘を？」私が訊いた。

「親父の代からあるボロ屋だけどね」

「軽井沢のどの辺ですか？　私も小さいものですが、S地区に別荘を持ってます」

「うちもS地区にある。津田さんの別荘はどの辺だい」

私たちは、別荘の場所を教え合った。大原の別荘は、私のところからそれほど離れていなかった。

一階に着いた。

「また機会があったら、屋上で会おう」

「次はいついらっしゃいます？」

「気が向いた時に。そうだ、このネギ、もらってくれないか。飲み屋に持っていってもしかたないから」

大原は、押しつけるようにしてネギの入ったビニール袋を私に渡し、アポロキャップを被り直した。そして、大きく手を上げてから去っていった。

家に戻った私は、ネギを冷蔵庫にしまい、ストーブに火を入れた。そして、ソファーに躰《からだ》を投げ出すとスケッチブックを開いた。

人生はエアギターのようなもので実体なんかない。

確かに。人間は、ありもしないものをあると信じて、日々を生きていると言えないこともないだろう。

しかし、変わった男だ。人なつっこい老犬に道端で出合ったような気がした。見ず知らずの人間に、いつ死んでもいいというような話をする人間はなかなかいない。精神的な病にかかっているのだろうか。いや、まったくそんな感じはしなかった。爽快《そうかい》というと言い過ぎかもしれないが、大原の話は私を大いに愉しませるもので、すっきりとした風が私の胸に吹き込んできたみたいな気分がしている。

エアギターを抱いた老ギタリストを本格的に描いてみるか。大原と知り合ったおかげで、鬱々とした状態から抜け出られそうである。

私は主に油絵を描いている。今は油絵は流行《はや》らない。しかしそんなことは気にせず、色に色を重ねて重厚感に拘《こだわ》り絵筆を走らせることにする。

エアギターは、まさに空気。目に見えない。質量のないものを油絵でどう描くか、試行錯誤を繰り返したが、なかなか思い通りに仕事は進まなかった。

その後、恵比寿駅のビルの屋上には、年末と年明けに足を運んだが、大原には会えなかった。

思うように描けないまま日はすぎていったが、何もしたくないという気分は、大原に会って以来薄れ、生乾きの絵の具のような疲労感もほとんど感じなくなっていた。

私が軽井沢に足を向けたのは一月の終わりのことだった。

私は古いジープタイプの四駆を持っていて、十二月に入ると、修理工場に預けてある冬用のタイヤに履き替えさせる。

東京を出る前、水道栓を開けることと除雪を別荘の管理事務所に頼んだ。

軽井沢に着いた翌日、マーケットに買いだしにいった後、私は別荘地の奥の方に車を走らせた。

夜のうちに雪が降った。だが、積もった量は二、三センチほどで、車の運転にはまったく問題はなかった。

つづら折りの坂道を上がっていき、二股《ふたまた》のところで右に下る道に入った。次の角で車を停めた。

左に行き止まりの急坂があり、右手に家が一軒建っていた。高床式の平屋の家の外階段のところで、女が、黄色いプラスチック製の道具で雪を掻いていた。白いダウンジャケットに黒い厚手のズボンを穿《は》いている。長靴の色は赤だった。

女の口から白い息がぽっぽっと上がっている。

私は車を脇《わき》に寄せ、徒歩で坂道を上がった。表札を見ると、大原と書かれてあった。

女は雪掻きを止めて、眩《まぶ》しそうに目を細めて私を見つめた。木立を抜けた陽の光は、私の背中で戯れていた。

「ギタリストの大原さんの別荘ですね」

「そうですが」

「私、津田と申しまして、暮れにご主人と……」

「ああ、絵を描かれてる方ですね」

私が最後まで説明する前に、女の頬が柔らかく崩れた。

「奥さんですか？」

「はい」

「大原さんもこちらに？」

奥さんの顔が曇った。「ご迷惑でなければ、上がっていただけませんか」

「じゃ、ちょっとだけ」

私は女の後について別荘に入った。

薪《まき》ストーブが赤々と燃えていた。

ダイニングキッチンとリビングが一体化している十五畳ほどの部屋。床はフローリング。奥に二部屋あり、襖《ふすま》の向こうは和室のようである。

私はソファーに腰を下ろした。防犯カメラのモニターが目に入った。カメラは三台あるらしい。

紅茶とクッキーを奥さんが運んできた。

「私、照代《てるよ》と申します」

六十前後に見える。目立たない顔立ちだが、すっきりとした輪郭の持ち主で、ショート・ボブがよく似合っている女だった。

「津田です」私は改めて名乗り、軽く頭を下げた。

「津田さんのことは聞いてます。素晴らしい絵を描く人だと言ってました。その話を聞いた翌日に」奥さんは目を伏せた。「夫は亡《な》くなりました」

「亡くなったって……」自殺という言葉が喉《のど》まで出かかったが、口にはしなかった。

「死因は心不全です。津田さんと恵比寿で会った翌日、こちらにきました。翌々日、友人のピアニストが、或るホテルで小さな演奏会を開いたんです。打ち上げにも参加した夫は、私が寝てから戻ってきて」そこまで言って照代は、奥のドアの方に目を向けた。「自分の部屋に入り、ヘッドフォンをつけてギターを弾いてたみたいです。その時、異変が起こって……。私は睡眠導入剤を飲んで寝てたので、何にも気づきませんでした。明け方、トイレに立った時、寝室に史郎がいないので、彼の部屋を覗いたら、ギターを抱くようにして……」

元気よく死について話していた大原の顔が脳裏に浮かんだ。

「津田さん、主人をスケッチしたんですってね」

「ええ。菜園に立ってる姿とギターを弾いている恰好をしたものを」

「東京に戻ったら、見せていただけます？」

「こちらに持ってきてます。今から取ってきますよ」

「そんなご面倒は……」

「いいんです。マーケットに行った帰りなんです。食料品を片付けてからきますよ」

「じゃ、お待ちしてます」

私は、一旦自分の別荘に戻り、肉や野菜を冷蔵庫に入れてから、スケッチブックを持って、大原の別荘に戻った。

その時、照代の別荘には車がないことに気づいた。

「買い物はタクシーで」部屋に入った時に訊いてみた。

「ええ」

「いつでも言ってください。買い物にくらいお付き合いしますよ」

「いいんです。仲のいい運転手さんがいますから。さっきは紅茶でしたから、コーヒーにします？」

「何もいりません。お構いなく」

「津田さんの別荘、どの辺なんですの？」照代が訊いてきた。

「坂を下りていって、ひとつ目の……」私は詳しく場所を教えた。

「私、散歩でその辺まで行ったこと何度もあります」

「私も、この近くをよく歩いてます」

私は、大原が描かれたページを開いてからスケッチブックを照代に渡した。

スケッチを食い入るように見ている照代を、私は盗み見た。

照代は首をやや右に傾け、眉《まゆ》をゆるめた。唇がかすかに開いている。愛くるしい瞳《ひとみ》が夫を描いたスケッチから離れない。やがて、照代の目が潤《うる》んできた。

照代は急にスケッチブックをテーブルに置くと、弾《はじ》かれたように立ち上がり、洗面所に向かった。

私の胸にじわりと迫ってくるものがあった。

夫の描かれたスケッチに感極まった妻の姿に心を打たれただけではなかった。それを超えた何かを照代に感じた。この先、恋心に発展するかもしれない想《おも》いが芽生えてしまったのだ。

照代が戻ってきた。笑顔で私は彼女を迎えた。照代の頬にも笑みが浮かんでいた。

「すみません。津田さんのスケッチ、夫の姿形だけではなくて、彼の心も描いてるみたいで、私、我慢しきれなくなってしまって」

「そう言われると画家としてはとても嬉しいですね」

「画家？」照代が私を覗き込むような目をして見た。

「ご主人に嘘をつくつもりはなかったんですが、彼が定年退職した人間だと決めつけるように言ったものですから、それでもいいかって思って訂正しなかったんです」

「そうだったんですか」

「今度会ったら本当のことを言おうと思ってたんですけど、その機会がなくなってしまった。あの屋上菜園には、奥さんもよく行かれてたんですか？」

「いいえ。私は、彼に付き合わされて行くぐらいでした。あの菜園と契約してきた時、夫はこんなことを言ってました。最後は誰でも土に還《かえ》る。その土と遊ぶ場所を見つけたと」

「彼はジャズギタリストだったそうですね」

「ええ。一時はヨーロッパを活躍の場にしていたこともあったんですよ」

「私は七三年から十年ばかりパリで生活していたんですが、何度かジャズバーに出かけたことがありましたよ」

照代の目が輝いた。「リュー・ムッシュウ・ル・プランス（王子様通り）という通りをご存じかしら」

「よく知ってます。オデオン駅からリュクサンブール公園の方に伸びた道ですね」

「夫はあの通りにあったバーによく出てました」

「入ったことがある気がします。間口の狭い細長い店じゃなかったかな」

「その通りです。史郎とは向こうで知り合ったんです」

「おふたりはいつ頃、パリに？」

史郎は七五年、照代は七九年にパリに渡ったという。そして八四年にふたりで東京に戻ったそうだ。その時、照代は二十九歳だった。ということは、照代は私の五つ下である。

「奥さんはどうしてパリに？」

「照代と呼んでください」

「分かりました」

「二つ年上の姉が、今は離婚して東京に住んでますが、当時、彼女はフランス人と結婚していて、パリに住んでたんです。その姉を頼って向こうに行き、親の援助を受けて語学学校に通ってました。姉の夫はサン・ラザール駅近くにあるホテルを経営していて、姉はそこのお手伝いをしてました。ちょっといかがわしいホテルで、昼下がりの情事を愉しむカップルや、密《ひそ》かに売春をやっている学生や主婦が利用するようなホテルでした」

「そこにご主人が？」

「いいえ。或る日、姉の夫が、私のアパルトマンを突然、訪ねてきたんです。彼は悩んでました。姉が日本人の男と付き合っていて、どうやら本気らしいって言うんです。私が何か知ってるだろうと彼は思ってたようですが、私は何も知りませんでした。姉を問いただすと、彼の言ってることは事実でした」

「その相手の日本人が大原さんだった？」

「違います」

「早合点ばかりしてすみません」私は口許から笑みをこぼして謝った。

「姉の夫は、姉の愛人に会いにいき、いきなり、切りつけたんです。切りつけられた方が屈強だったから、姉の夫がコテンパンにやられてしまったんです。ところが、彼が切りつけた相手は、姉の愛人ではなかった。人違いでした。姉の愛人と同じアパルトマンに住んでいた史郎が間違えられたんです。姉の愛人は小原《おばら》って苗字《みょうじ》だったの」

「表札は当然ローマ字で書いてたんですよね。Ohara と Obara じゃかなり違う」

「姉の夫はかなり動転していて、よく見なかったようです」

「でも、その間違いが、あなたと大原さんとの縁を結んだんですね」

「ええ。私と姉は史郎に謝りにいったんです。史郎は、ギターを弾きながら私たちの話を聞いてたんですけど、髪を長く垂らし、バラードを演奏してる彼に、私、一目惚《ぼ》れしてしまって」

「じゃ、あなたからアプローチしたんですか？」

「彼の出ているジャズバーの名前を訊き、通うようになりました。彼には付き合ってるフランス人の女がいたんですけど、或る夜、仕事が終わった後、サン・ジェルマン・デ・プレ教会の前をふたりで歩いていた時、史郎が言いました。彼女と別れたから、自分と一緒に暮らさないかって」

照代は、しゃべっているうちに、次第に顔が赤らんできた。四十年近く前、大原の求愛の言葉を聞いた時に心身ともに引き戻されているようだった。

この女は、頭のてっぺんからつま先まで、大原という男を愛していた。そのことがひしひしと伝わってきた。

死んだ夫への気持ちを語る彼女も含めて私は照代という女が好きになった。

これから先のことは分からないが、ここしばらくは、照代の大原への想いに寄り添ってやりたいと思った。

「ここではお線香は上げられないですよね」

「ええ。東京に戻ったら、うちに来てください」

この別荘で息を引き取った大原を、東京まで運び、向こうで通夜《つや》と本葬を行い、この間、四十九日をすませ、遺骨を多摩にある霊園に納めたそうだ。

「いつまでこちらに」私が訊いた。

「節分が終わったら帰ります」

「節分の日に何かあるんですか？」

「毎年、別荘で豆まきをするのが恒例になってたものですから」照代は遠くを見るような目をして言った。

夫は死んだばかりだ。彼が生きていた時よりも、いなくなった今の方が強い存在感を照代が感じている気がした。

私は、大原史郎を描いたスケッチを照代にプレゼントし、携帯番号の交換をしてから、その日は別れた。

深夜に目が覚めた。用を足した後、寝室のカーテンを少し開け、外を見た。消し忘れていた庭園灯に、雪が激しく絡《から》みつくように舞っていた。山越えしてきた雲が降らせている雪らしい。庭の木々は、その場に静かに佇《たたず》んでいるのに、風の音がする。空の高いところが荒れ模様のようだ。

照代のことが頭に浮かんだ。夫のことをずっと話されてもかまわない。彼女と会いたい。遠い関係のままでいいから付き合いを続けていきたい。

そう思った自分を笑っている、もうひとりの自分が窓ガラスに映っていた。

キスをしたり、ぎゅっと抱きしめたりしたくないのか。遠い関係のままでいいなんて、嘘くさい。今は、そういう行為に出るタイミングではないが、精神的に成りすぎている気がする。

異性に求めるものも、歳によって変わっていくことを、照代に会って痛感させられた。生々しいものを避ける気はないが、照代に対してはふわりふわりとした想いが勝ってしまって、手を繋《つな》いで歩くことすら想像できなかった。

長い間、ひとり暮らしをしてきたが侘《わ》びしさを感じたことはないし、孤独に苛まれ、人恋しさの地獄で悶々《もんもん》とするようなこともなかった。絵を描いてさえいれば、それでよかった。思い通りに筆が運ばずに苦労している時でも、他人と会って気持ちを紛らわせようと思ったことはない。

しかし、絵を描くことに疲れてからは、所在ない時の割れ目に寂しさが忍び込んできた。スケッチブックを手にして街を歩くことがなかったら、鬱々とした気分から抜け出られなかっただろう。

大原史郎をスケッチしたことで、描く意欲が湧《わ》いてきたが、まだ本調子に至らないうちに、史郎は死んだ。彼の死が、照代に会わせてくれたようなものである。史郎が生きていて別荘にいたら、照代とふたりきりで話す機会はなかったはずだから。

翌朝、除雪車の音で目が覚めた。

食事をすませてから、照代に電話をした。「雪、だいぶ積もりましたね。二十五センチぐらいはあるかな」

「雪掻きしなくっちゃ」照代が明るい声で言った。

「前の道は管理事務所が掻いてくれるんでしょう？」

「いいえ。うちは契約してないから行き止まりの急坂はやってもらえません。小型の除雪機があるんですけど、私の力ではエンジンがかからないんです」

「私がやりましょう」

「本当に？」

「もう少ししたら、お宅にお邪魔します」

自分の家の玄関回りの雪搔きを後回しにして照代の別荘に向かった。

幅三メートル、奥行きが十五メートルほどの、かなり勾配《こうばい》のある道には雪が積もったままだった。

照代が玄関から顔を出した。

「除雪機はどこです？」

「裏の納戸《なんど》に仕舞ってありますけど、その前に長靴を履き替えて下さい。夫の使ってた長靴の底にはピンが取りつけられてるので滑りにくいんです」

私は史郎が除雪の際に使っていたというピン付きの長靴に履き替えた。それから、照代に案内され別荘の裏に回った。

筒状の部分から雪を噴き出す、投雪タイプの除雪機だった。充電式の自動スターターが使えないらしい。その場合は始動グリップを引いてエンジンをかける。この冬、一度も使っていなかったらしく、一度引いただけではかからなかった。何度か引いてやっとエンジンがかかり、私は除雪機を道に向かって押していった。

彼女は玄関回りの雪を搔き始めた。

私はゆっくりと坂道を行ったり来たりした。投雪口から噴き出される雪が、家に当たらないように気をつけながら、マシーンを動かした。

照代はせっせせっせと雪を掻いている。

噴き出された雪が、陽の光を浴びてきらきらと光っていた。雪紐《ゆきひも》の垂れた枝から枝へ、野鳥が軽やかに飛び渡ってゆく。

照代と自分が、人里離れた山の奥に、ふたりだけで暮らしている夫婦のような気分になってきた。充実感が腹の底から湧き上がってきて、幸せな思いに全身が包まれた。

急に風が立ち、投雪口の雪が、私の顔を襲った。

「冷たい」私は思わず声にして言った。

照代が肩をゆすって笑っていた。私も笑った。

それに合わせるように、チッチッチッと野鳥が鳴いた。

除雪が終わった後、お茶に誘われたが、汗で濡《ぬ》れた下着を替えたいので、私はすぐに家に戻ることにした。

「今夜、よかったら、うちで食事しませんか」照代に誘われた。

私は即座に受けた。

「シャブシャブだけど、いいですか。あれだと簡単だから。お酒、飲みます？」

「ええ。うちにはビールぐらいしかないですけど、持ってきましょうか」

「ワインを用意しておきますから、大丈夫」

一旦《いったん》、家に戻った私は、六時半すぎに、再び大原家を訪れた。別荘地内とはいえ、飲酒運転はしたくないのでタクシーを使った。タクシーが家に近づくとセンサーライトが点《とも》った。

食事の用意はできていた。私がワインの栓を抜いた。

丸いテーブルに、私たちは相対して座った。ふたりの間には、シャブシャブ用の鍋《なべ》から立ち上る湯気がゆらめいていた。

音楽はかかっていなかった。薪のはぜる音が時おりした。

「史郎はボルドーの赤が好きだったんですよ。津田さんは？」

「私は何でも飲む口です」そう言ってから私はモニターに目をやった。「防犯カメラ、三台もついているんですね」

「史郎がつけさせたんです」

「用心深い方だったんですね。会った印象ではそんな感じはしなかったですが」

照代がくすりと笑った。「用心のためじゃないんです。この辺りをうろついている動物が見たくてつけたんです」

「なるほど」

「ほとんど猫ですけど、キツネやタヌキが通ることもあります。あの人、すごく子供っぽいところがあって、外にエサを出して、動物がくるのをずっと待ってることもありました」

そういうところが可愛《かわい》く思えた。そう言外に言っているような口振りだった。

「史郎は、津田さんに変なこと言いませんでした？」

「変なこと？」

「いつ死んでもいいとか、人生には実体がないとか」

「言ってましたよ。人生はエアギターのようなものだともね。でも、どうして、そんな話をしたことが分かったんです？」

「あの人、ちょっと気に入った人には、必ずそういう話をするんです」

「あんなに明るく死の話をする人には、初めて会いました。でも、ああいう話をするようになったのは、歳を取ってからなんでしょう？」

「いいえ。一緒に暮らし始めてしばらくしてから、もう言ってました。できるだけ早く消えてしまいたいって。私という人間がいるのに、そんなこと言うなんてひどいって私は泣いて彼に怒りをぶつけました」

「で、彼は何て？」

「これまで出会った人間で、一番好きなのは君だ。君とずっとずっと一緒にいたい。

だけど、この世から消えてしまいたいという思いは、幼い頃から僕をとらえて離さないものだから、どうすることもできない。あの人は私の手を握って淡々とそう言ったんです」

「幼い頃に何かあったんですかね」

「そういう思いを抱くきっかけは、大好きだったお姉さんが、目の前でトラックに撥《は》ねられるのを見たからだそうです。彼はすぐに後を追いたくなったらしいの」

「大原さんが死んだと聞いた時、私は自殺かと思いました」

「初対面で、死の話を聞かされたんですから、そう思うのも無理はありませんわね。でも、私は倒れている彼を見ても、自殺とはまったく思いませんでした」

「消えてしまいたい、つまり死にたいという話を聞かされていたのに」

「史郎は確かに死の願望に取り憑《つ》かれていました。でも、いつ死んでもいいというのは、積極的な自殺に繋がらない気持ちの表れだと分かったんです」そこまで言って照代はくくっと笑った。「寝言で死にたいって言ったこと何度もありましたよ」

「それでも心配はしなかった？」

「死んでしまったら、死の願望もなくなってしまうでしょう。史郎は、投げやりな生き方はしてませんでした。仕事も一生懸命でした。でも、生きることに執着はなかったみたい」

「ギタリストとして、不全感というか不満みたいなものはなかったんですか？」

「ありましたね。もっと認められてもいいと苛立《いらだ》っていた時期もあったし、自分の演奏にも不満を持っていたようです。でも、一番、彼が寂しかったのは、自分の才能の限界を知っていたことじゃなかったかと思います」

「そういう話まであなたにしてたんですか？」

「おそらく、心に流れたことはみんな私に話してたと思います。要するに甘えっ子だったんです。死に対する願望だって、甘えから生まれたものだった。私はそう思ってます」

私は小さくうなずいた。

史郎は甘えるのが上手な男で、照代は甘えん坊の彼が好きだったのだろう。

「本人は何も考える暇はなかったでしょうが、今度のことは彼の望みが叶《かな》ったことになりますね」

「その通りです。史郎の家系は長寿だから、自分も長生きするんじゃないかって心配してました。けど、そうはならなかった。あの人にとってはよかったことだから、笑って送り出しました」

湯気の向こうの照代が薄く微笑んだ。

私は肉をポン酢につけて、口に運んだ。そして、グラスをゆっくり空けた。

「私と史郎のことばかり話してすみません。ネットで調べたら、津田さんって、とっても有名な方なんですね」

「そんなことはありませんよ」

「ネットの写真で見ただけですけど、私、津田さんの作品、大好きです。特に、ニューヨークの美術館が所蔵している『冬枯れ』には感動しました」

「あれは、冬の軽井沢ですよ」

「でも、ただの綺麗な風景画ではないですね」

「一種の幻想画ですから。ご主人をスケッチしましたが、油絵にしてみたいと思ってます。タイトルは決まってます。エアギターを抱いた男です」

「是非、史郎を作品として残してください」

食事を終えた私たちはソファーに移動し、さらに酒を飲み続けた。

「津田さんがここを訪ねてくれたおかげで、私、とても気分がよくなりました」

「長いお付き合いをしていきたいですね」

「私も。東京の家も近いですから」

「屋上菜園はどうするつもりですか？」

「史郎の代わりに私が続けていきます」

「あそこに行く時は誘ってください」

「一緒に野菜を作りましょう」

照代がグラスを空けた。私がワインを注いでやった。

「落ち着いたら、私、パリに行って、懐かしい場所をぶらぶらと歩いてみます。フランス語なんて、ずっと使ってないから忘れちゃってますけど。津田さんは、今でも向こうにしょっちゅう行かれてるんでしょう？」

「しょっちゅうというわけじゃないですけど、行ってます。照代さん、よかったら私がお伴しますよ。ボディガードとしては頼りないですが、荷物持ち程度にはなりますよ」

「津田さんが一緒だったら安心だけど、私の思い出の場所を巡るだけ。津田さんは退屈するだけよ」

「ご主人との思い出にひとりで浸りたいのかな。だったら邪魔はしません」

「逆です。史郎とのことを話せる相手が近くにいる方が、ずっと楽しい」

「じゃ決まりですね。気持ちが落ち着いてパリに行く気になったら教えてください」

「はい、そうさせていただきます」

ゆるゆるとした付き合いが始まりそうだ。私は内心、嬉しくてたまらなかった。

午前零時少し前、私はタクシーを呼んだ。

「津田さん、明後日の節分の日に一緒に豆まきをしませんか」

「いいですよ」

夫とやっていた恒例の行事を自分に引き継がせた。深い意味がなくても、気分のいいことだった。

節分の日は空気がぴんと張った寒い日だった。私は午後六時頃に自分の車で照代の別荘に向かった。

星が硬い光を放ち、月明かりが、滑らかな雪に覆われた庭に、木々の影を投げかけていた。

インターホンを鳴らす前、私は玄関ドアに目が釘付《くぎづ》けとなった。

棘《とげ》のある葉のついた三十センチほどある枝が、透明なテープで止められていた。柊《ひいらぎ》の枝らしい。正式には、柊の枝先に鰯《いわし》の頭を刺しておくのだが、そこまではやっていなかった。しかし、柊を飾るだけでも今は珍しい。

部屋に入るなり、私は柊に驚いたことを伝え、こう続けた。「史郎さんは、縁起を担《かつ》ぐ人だったんですね」

「まあ、そうなんですけど、彼にとっては私との小さな遊びだったんです。私をびっくりさせようとして、昔はちゃんと鰯の頭が刺してあったんですよ。うちの豆の撒《ま》き方を教えますね」

灯りを消し、窓やドアをすべて開け放ち、家の隅の方から撒き、鬼を追いだした窓はただちに閉め、次の窓に移る。最後は玄関に立ち、「鬼は外」を連呼し、その後は玄関の外から家の中に「福は内」と豆を撒くのだという。

「お遊びにしてはきちんとしてるんですね」

「史郎はそういうことに夢中になる人だったの」そう言いながら、照代は豆の入った升を私に渡した。

真っ暗になった部屋に、冷たい外気が入ってきた。ふたりともダウンジャケットを着たままだった。

「福は内、鬼は外」

私と照代は交互に豆を内へ外へと撒いた。照代は撒き終わった窓を急いで閉めると、次の窓に近づいた。そうやってリビングダイニング、キッチンと進んだ。トイレや浴室も外されることはなかった。

襖の向こうの部屋は寝室だった。アラビア絨毯《じゅうたん》を敷きつめた部屋にキングサイズの腰高のベッドが置かれてあった。ベッドの向こうの窓に向かって豆を撒いた。

隣の部屋に入って、まず目についたのは、ギターだった。スタンドに立て掛けられているギターが、窓から差し込む月明かりを受けて鈍く光っていた。

「鬼は外……」照代が窓に向かって大声で言い、思い切り豆を撒いた。

私もそれに続いた。

節分の儀式が終わると、部屋に灯りが戻った。床にもテーブルの上にも豆が転がっていた。私は二度ばかり豆を踏みつぶしてしまった。

「掃除が大変だな。手伝いましょうか」

「いいです。毎年、忘れた頃に、変なところから豆が出てくるんですよ。昨日も化粧台の隅から」照代はしみじみとした口調でそう言った。

昨年の節分を思い出していたのだろう。

私たちは自分の歳の分だけ豆を食べることにした。

「ひとーつ、ふたーつ……」

声を出し合って食べていった。

時々、歩調が合わなくなった。私の食べるスピードが遅くなったのだ。

「六十一、六十二……」

私たちは顔を見合わせながら、豆を食べていった。ここでも長年連れ添った夫婦のような気分になった。私は幸福感に満たされて、六十七個の豆を食べた。

それだけで腹は満たされてしまった気がしたが、照代の用意したカレーライスを食べることにした。

用意ができる間に、私は、ストーブに薪をくべた。

「『節分』という狂言があるのを知ってます？」カレーを口にしてから訊いた。

「いいえ」

「人妻を口説こうとする鬼の話です」

「へーえ、そんな狂言があるんですか？　それで、鬼はうまく口説けたんですか？」

「いいえ。人妻の方が一枚も二枚も上手で、無防備に寝込んだ鬼に豆を撒いて、追いだしてしまいます」

薪をくべていた時、その狂言のことを思い出した。自分は照代に言い寄る〝鬼〟になれるだろうか。いや、なれそうもない。そう思うと自然に口許がゆるんだ。

「あ」突然、照代が声を上げた。

彼女の視線は防犯カメラのモニターに注がれていた。点ったセンサーライトの光に浮かび上がっているのはキツネだった。

太くて長い尻尾《しっぽ》を持つキツネが鼻面《はなづら》を地面につけて、忙しく動き回っている。豆の匂《にお》いに引かれてやってきたらしい。

「そっと私についてきて」照代がゆっくりと立ち上がり、電気を消してからソファーの後ろの窓に向かった。私は抜き足差し足で照代についていった。照代がカーテンをゆっくりとめくった。私は照代に重なるようにして外に目をやった。

キツネは私たちに気づいていない。豆を無心に食べている。

私たちは息を殺してキツネを盗み見ていた。私の左手は照代の肩にかかっていた。

彼女の温かみが伝わってきた。

狂言に出てきた鬼の心境になっている。しかし、何もできない。

豆を食べ終わったキツネが、顔を上げ、私たちの方を見た。円《つぶ》らな瞳が可愛かった。

キツネはまったく逃げようとはせず、しばし私たちをじっと見つめていた。

「あの人に似てる」照代がつぶやくように言った。

その途端、キツネは尻尾を下げ、雪の残った近道を小走りに去っていった。

私たちは席に戻った。

「何となく、あのキツネ、史郎に似てると思いませんでした？」

「私は一度しか会ってませんから、よく分からないな。でも、ご主人はタヌキ顔でもクマ顔でもなかった。キツネ顔と言えば言えないこともないですね。でも、照代さんは、よほどご主人を愛してたんですね。あのキツネが彼に見えたんですから」

照代は曖昧《あいまい》に笑って、スプーンでカレーライスをすくった。

「照代さん、いつ東京に戻るんですか？」

「明後日には帰ります。津田さんは？」

「よかったら、僕の車に乗っていきませんか」

「いいんですか？」

「出発時間は照代さんに合わせます」

「じゃ、お言葉に甘えます。本当のこと言うとすごく助かります。彼のギターや譜面を東京に持って帰ろうと思ってましたから」

モニターがまた明るくなったのに気づいた。

「彼、いや、キツネが戻ってきましたよ」

照代はまた窓辺によってキツネの様子を窺《うかが》っていた。

夫のことを忘れることはできないのだろう。それでもいつか、私は照代の気持ちを自分に向けさせたいと思った。

キツネが帰っていったらしく、照代が戻ってきた。

「また、あなたをじっと見つめてました?」

「ええ。津田さんに笑われるでしょうけど、やっぱり、キツネがあの人に見えちゃって」照代は照れくさそうに微笑んだ。

食事を終えると私は、自分の別荘に引き上げることにした。

「荷物が増えてもいいかしら」

「かまいませんが、何を運ぶんです?」

「家庭用品でいくつか買いたい物があるんですけど、こっちのホームセンターの方がそろうんです」

「それにもお付き合いしましょうか」

「いいえ。いろいろ回ってみますから」

細々とした買い物をする時はひとりの方が気が楽なものだ。

私はそれ以上しつこく誘うことはせずに、照代の別荘を後にした。

家に戻った私は、ホットワインを飲みながら、窓の外を見ていた。

キツネは、あれからも何度もやってきたに違いない。その度に照代は、史郎に会っているような気持ちで、キツネを見ていたのだろう。キツネの発情期は確か冬だったはずだ。そんなことを思い出した自分がおかしくなった。

翌日はまたもや雪がちらついていた。私は、史郎がエアギターを弾いている姿をデッサン帳に何枚か描いた。だが、これだと思えるものはできないまま時が経っていった。

夜になっても雪は降り続いていた。

夕方までには電話をしてくるといった照代だったが、八時をすぎても何も言ってこなかった。

私は照代の携帯を鳴らした。男が出た。

「あれ？　大原照代さんの携帯ですよね」

「そうです。私は軽井沢署の者ですが、あなたは津田さんでよろしいんですね」

「そうですが」

「津田さんは大原さんとは……」

「友だちです。私と大原さんの別荘が近いんです。大原さんに何かあったんですか?」

「実は、タクシーに乗っている時、バイパスで玉突き事故に遭いまして」

「で、怪我の具合は?」

「残念ながら病院に搬送中に亡くなられました。死因は脳挫傷《ざしょう》です」

しばし口がきけなかったが、気を取り直して訊いた。「親族の方には連絡は取れたんですか?」

「ええ。携帯の通話記録から、お姉さんの携帯の番号が分かりました。お姉さん、今、こちらに向かってます」

私はどこの病院に遺体が安置されているのか訊き、電話を切った。

ソファーの端に小さくなって腰を下ろした。ただ、あまりに突然だったので、照代が死んだ実感はまるで湧いてこなかった。パンパンに張っていたタイヤから静かに空気が抜けていくような感覚を覚えただけである。

重い腰を上げ、暖かい恰好をし、長靴を履いて、家を出た。湿った雪が降り続いていて、すでに十五センチほど積もっていた。轍《わだち》のない雪の道を表通りに向かって車を走らせた。ゆるやかな下り坂である。

途中で右の長靴の中が気になり、車を止めた。そして、長靴を脱いだ。

中から出てきたのは節分の豆だった。昨夜、照代の別荘から帰る時には気にならなかったのだが。

私は豆を見つめた。

あのキツネだ。史郎の生まれ変わりのキツネが、照代を迎えにきたのだ。

あの夫婦は、片方があの世にいっても、分かちがたく結びついていたのかもしれない。

私は豆を口に入れ、ゆっくりと噛《か》んだ。口の中で硬く崩れてゆく豆の音が聞こえると、私の目から涙が零《こぼ》れた。私は涙が止まるまで、豆を噛み続けていた。

風に煽《あお》られた雪がヘッドライトの光の中で躍っている。

その向こうに、照代の姿が見えた。

突然、天から降りてきたように絵の構図が浮かんだ。

史郎はエアギターの代わりに、照代の骸《むくろ》を抱いている。その姿を描くことが、絵描きとしての私がやることだ。

ふと妙な考えが脳裏をよぎった。

私を奮い立たせて死んでいった大原夫妻は実在したのだろうか。

実在しなかったら？

今更、そんなことどっちだっていいじゃないか。
私は長い溜息《ためいき》をついてから、車をスタートさせた。
雪のつぶてがフロントガラスを襲ってきた。
力が漲《みなぎ》ってきた私は、しっかりとした口調でこうつぶやいた。
俺は長生きするぞ。

土産話

ゴールデンウイーク明け、私は、学生時代の友人、島崎太《ふとし》に会いに新潟に向かった。証券会社を定年退職した島崎は、親の面倒を見る必要に迫られ故郷に戻った。電話で近況を語っていた時、新潟に遊びにこないかと誘われた。ふと行ってみるかという気になった。ひとり旅の趣味はないが、東京を離れてみたくなったのだ。

島崎と旧交を温め、学生時代に戻って将棋を指した。四勝三敗で島崎が勝った。

翌日、新潟を発《た》ち、直江津《なおえつ》を目指した。しかし、信越本線は使わずに越後《えちご》線に乗った。海岸沿いを走る線だから、海がよく見えると思ったが、田園風景が拡《ひろ》がるばかりで、海に出合うことはなかった。

しかし、退屈はしなかった。若い頃だったら、この何の特徴もない単調な景色に飽き飽きしていたかもしれないが、今は車窓を流れる新緑を見ているだけで、時間があっという間にすぎていく。

脳裏をさあっと通りすぎていくのは過去のことばかりである。

四月生まれの私は、一ヶ月ほど前、六十七歳になった。かつては都市銀行に勤めていた。最後のポストは支店長だった。役員になれないと、銀行員の退職は、普通の企業よりもかなり早い。関連会社にいけば、またそれなりのポストに就けるが、魑魅《ちみ》魍《もう》魎《りょう》がうごめく金融の世界から足を洗いたかったので、二次就職は自動車部品メーカーを選んだ。七年ほどそこで働いたが、先代の社長が急死してから、会社の雰囲気が悪くなった。辞表を出すのに躊躇《ためら》いはなかった。

以来、私は仕事をせず、毎日ぶらぶらと暮らしている。

大学を卒業すると、そのまま銀行に就職した。若い頃は小説が好きで、自分でも書いてみた。これはいけると自信をもって、新人賞に応募したが、一次選考も通らなかった。それからもしばらくは書き続けたが、小説家になりたいという気持ちは麻疹《はしか》にかかった程度のものだったようで、いつしか原稿用紙に向かうこともなくなっていた。

私の人生を振り返ってみると、波瀾《はらん》万丈とはほど遠い、平々凡々としたものだった。見合い結婚した智子《ともこ》との間に波風が立ったことは一度もない。三十八歳の長女、千《ち》鶴《づる》は、幼馴染《おさななじ》みと結婚し、二児の母となっている。千鶴のふたつ下の勇《いさむ》は、私の父が勤めていた商社に入り、今はアトランタの支店にいる。

四谷の住宅街にある一軒家は父の時代に買ったものだから、住宅ローンもないし、家賃を払うこともない。老後の蓄えに不安もまるでない。

無風の人生。冒険する勇気も気骨もない私に、お似合いの人生だと言えるだろう。そんな、つまらないとも言える生き方をしてきた私に、無常の嵐《あらし》が吹き荒れたのは三年前のことである。智子が膵臓《すいぞう》がんで、あっけなくこの世を去ったのだ。享年《きょうねん》六十二だった。

恋愛して一緒になったわけではないが、暮らしていくうちに、智子に対する愛情が次第に芽生えていき、長年連れ添ったことで、使い込んだ家具を慈《いつく》しむような気分で智子と接するようになっていた。

私は智子とよく旅行に出た。国内だけではなくヨーロッパを回ったこともあった。智子と一緒だと安心だった。何がどう安心なのかは分からないが、ともかく、彼女がいると安寧な気分に浸っていられるのだった。仕事をしなくなってからの私は、どこかで智子に依存していたようである。

智子が死んでからしばらくは、何もやる気がせず、腰を上げることすら億劫《おっくう》だった。娘が心配して、しょっちゅう見にきてくれた。

立ち直るきっかけになるものは、意外にも、彼女の遺品の中にあった。

柏崎《かしわざき》で信越本線に乗り換えた。こちらの車窓からは海が目の当《ま》たりにできた。智子と沖縄旅行をした時のことを思い出した。地元の人に舟を出してもらって、ハブのいない島に行った。私は素潜りをしたが、泳ぎに自信のない智子は、案内してくれた人の助けを借りて岩場近くで遊んでいた……。

　そんな昔のことを思い巡らしているうちに直江津に着いた。もうじき午後三時になろうかという時刻だった。

　上杉謙信の生まれた春日山城《かすがやまじょう》跡でも見て回り、その日のうちに東京に戻るつもりでいた。

　春日山城跡に興味を持ったのは、NHKの大河ドラマ『真田丸《さなだまる》』を観《み》ていたからかもしれない。いや、それだけではなさそうだ。還暦をすぎた頃から、やたらと歴史物や時代物が好きになったのだ。

　直江津から上越妙高駅まではそれほど離れてはいない。帰りは北陸新幹線に乗ってみることにした。

　駅の北口を少し行ったところにあった古い喫茶店に入った。そこで新幹線の時間などを調べることにしたのだ。

アイスコーヒーを頼み、スマホを開いた。直江津駅から上越妙高駅までバスが出ている。その時刻をメモした。そして、北陸新幹線の時間も調べた。

車でないと、春日山城跡までいくのは結構大変だと分かった。えちごトキめき鉄道妙高はねうまラインの春日山駅から、徒歩で四十分ほどかかるらしい。

億劫になってきた。鉄道名の長さだけでもうんざりした。

私はスマホから目を離し、背もたれに躰《からだ》を預けた。柔らかい陽射《ひざ》しが店内に射し込んでいたが、私の席までは届かない。

陽射しを背にしてカウンターに座っていた男が、こちらを見ているように思えた。

陰になっているので表情はよく分からない。

私はアイスコーヒーの残りをストローで吸った。男は相変わらず、私の方に顔を向けている。煙草《たばこ》の煙を勢いよく天井に吐きだした。坊主《ぼうず》頭の丸顔の男である。

私は財布を取り出し、小銭を用意した。

男が煙草を消し、席を立った。そして、私の方に近づいてきた。

私は目を逸《そ》らした。恐怖は感じなかったが、何となく気持ちが悪い。

男が私の席のところで立ち止まった。

「やっぱり、幸司《こうじ》だ」男が言った。

私はおずおずと男に視線を向けた。

「ああ……」

動揺が躰をかけ巡った。

目を細めて、私を見て微笑《ほほえ》んでいるのは、間違いなく昌史《まさし》だった。

「座っていいか」

私は昌史を見つめたままうなずいた。

昌史は私の正面に腰を下ろした。「幸司は変わらないな。昔のままだ」

「そんなことあるはずないだろうが」私は力なく笑い、「何か飲む？」と訊《き》いた。

「そうだな。トマトジュースにするかな。幸司は？」

私はカウンターの中にいた、女主人らしい老女に、「トマトジュースをふたつ」と告げた。

昌史は、ハイライトのパッケージを私の方に向けた。

「俺は昔から煙草は吸ってない」

「そうだったっけな」昌史はにっと笑って煙草に火をつけた。「で、直江津に何しにきたんだ？」

「新潟に住んでる友だちに会った後、越後線で柏崎に出て、直江津は初めてだから寄ってみた」

「よくある、ぶらりひとり旅ってわけか」

「まあね」

トマトジュースが運ばれてきた。

「こんなもんで乾杯できやしねえよな」昌史は投げやりな感じでストローをグラスに刺した。

昌史が、私たちの前から姿を消したのはいつだったか。正確には覚えていないが、二十五、六年前のことだ。

昌史と私は同じ年だから、最後に会った時は、お互い四十一、二だったことになる。昌史の容姿は、四半世紀の間に別人のように変わっていた。若い時の昌史は長髪で、女たちが羨《うらや》ましがるほど毛流れのいい艶々《つやつや》した髪をしていた。顎《あご》から首にかけてもすっきりとしていて、今のように肉が垂れていることはなかった。綺麗《きれい》な二重瞼《ふたえまぶた》は変わっていないが、目の下の隈《くま》は、澱《よど》んだ水たまりのような色をしていて、目に輝きはなかった。

「ハゲが目立つようになったからスキンヘッドにしちまったよ」昌史は頭を一撫《な》でしながらにっと笑った。

前歯が二本抜けていた。

姿を消してから、昌史はどんな人生を送っていたのだろうか。興味が募った。上杉氏の城跡などもうどうでもよくなった。


私の町内に、表通りで小さな喫茶店を営んでいる安堂《あんどう》という家があった。そこのひとり娘、小夜《さよ》と私は幼稚園から中学まで一緒だった。ただし、小夜は私の一級上だったので同級生ではない。

幼稚園の時、ローマ字を最後まで書けて読めたのは小夜だけだった。母親が洋裁がとても上手だったせいか、彼女は、他の女の子よりも圧倒的に洒落《しゃれ》た恰好《かっこう》をしていた。私にとって小夜は眩《まぶ》しい存在だった。

中学の時、私はフルートを習いたいと両親に頼んだ。突然、クラシック音楽に目覚めた息子に、両親はびっくりしたようだったが、反対はしなかった。

四ツ谷駅の近くにあったレコード屋の二階で、或《あ》る高校の音楽教師がフルート教室を開いていた。小夜がそこに通っていなければ、私はフルートを習うなんて言い出さなかっただろう。

しかし、予想だにしなかったことが起こった。私が教室に通い出して一ヶ月も経《た》たないうちに、小夜がレッスンに来なくなってしまったのである。

「どうして止《や》めちゃったの？」

学校からの帰り道、私は訊いてみた。

「フルートを吹く時の、あの先生の唇を見てたら、気持ちが悪くなったの。幸司君はそう思わない？」

「そんなによく見たことないから」

「血を吸ったヒルみたいな唇に見えてきたら、突然、通うのが嫌になっちゃった」

「血を吸ったヒルを見たことあるの？」

「ないよ。でも、あの先生の唇はヒルだよ」

にわかには信じられない理由だが、小夜が嘘《うそ》をついているとは思わなかった。小夜のいない教室は寂しかった。フルートを吹く際の先生の唇を盗み見た。美しいとは思わなかったが醜いとも感じなかった。

私もすぐにフルート教室を止めたかというとそうではない。高校に上がるまで習った。私はフルートという楽器に嵌《は》まったのである。去年、再び習い出した。昔の趣味は、茫洋《ぼうよう》と拡がる時間を気持ちよく埋めてくれている。

ともかく、幼い頃眩しい存在だった小夜に、中学の時にははっきりと、恋心を抱くようになっていた。しかし、その想《おも》いはすこぶる淡いもので、飯田橋にある私立高校に進んだ後は、小夜に対する気持ちは次第に薄れ、他に好きな子ができた。小夜は文京区にある女子高に進んだ。その頃から、近くに住んでいるのに、滅多に会うこともなくなった。

私が銀行に入った頃、小夜は京都に移り住んだという噂《うわさ》が耳に入った。京都に本社がある出版社に勤めたのだという。

私が智子と見合いをしたのは一九七七年、私が二十七歳の時だった。九月四日の日曜日、日比谷のレストランでお互いの両親や仲人《なこうど》たちと会った。

智子の、くしゃくしゃとまとまった小顔が、気にいった。しかし、口べたな私は、言葉につまってばかりいた。

「王が、世界新記録を達成しましたね」

前夜、後楽園球場で行われた対ヤクルト戦で、巨人の王貞治が、本塁打の世界記録を作ったのだ。

話題のない私は、唐突にそのことを口にしてしまった。

「王ってすごいですね」智子が答えた。

「そうですね。本当にすごい。でも、僕は巨人ファンではないんです」

「どこのファンなんです？」

「ヤクルトです」

智子の表情が和らいだ。「私もです」

「三田村さんが野球好きとはちょっとびっくりだな」

「私、大杉のファンなんです」

「今度一緒に神宮に行きましょう」

このようにして打ち解けた私たちは、神宮球場でヤクルト戦を観戦し、当時、話題になっていた『幸福《しあわせ》の黄色いハンカチ』を観たりしながら親密になっていった。

見合いをした翌年、私は智子と結婚した。

小夜が京都から戻ってきたのは、私が二十九歳になった七九年のことである。

突然、小夜が私の家にやってきた。

「久しぶり。元気だった？」私は笑顔で小夜を迎えた。

「うん」

「休暇？」

「会社辞めたの。だから、京都にはもう戻らない」

「まあ、入ってよ」

「ここでいいよ」

奥から智子が顔を出した。私は、小夜のことを詳しく教えた。

「結婚したって聞いてたけど、電報のひとつも打たなくてごめんね」

「いいんだよ、そんなこと」

小夜が智子のお腹《なか》を見て訊いた。「予定日はいつですか?」

「来月の二日です」

小夜は手にしていた紙袋を私に渡した。「京都の専門店で買った夫婦箸《めおとばし》。大したもんじゃないけどよかったら使って」

「ありがとう。喜んで使わせてもらうよ」

智子も礼を言い、上がってくださいとしきりに誘った。しかし、小夜は首を横に振っただけだった。

「次は出産祝いね」

「気にしないでよ。それより、小夜さん、こっちでは何をするの?」

「母が心臓を悪くして入院したから、私が父を手伝うことになったの」

私は、小夜の母親の病状を聞いてから、「コーヒー飲みにいくよ」と言った。

「来て、来て」

「私も行かせてもらいます」智子が私の肩越しにそう言った。

小夜が帰ってから、智子が祝い品の包みを開けた。「素敵なお箸。輪島塗よ」

私もちらりと箱に収まっている箸に目をやった。派手さを抑えた上品な箸だった。

「小夜さんって綺麗な人ね」

「しばらく見ないうちに垢抜《あかぬ》けたみたいだな」

さらりとした調子でそう答えた私だったが、胸がざわめいていた。

小夜が戻ってきてから、初めて店に顔を出した時は智子と一緒だった。改めて箸の礼を言い、ブレンドを頼んだ。

「幸司君、いい人見つけたね」

私は照れ笑いを浮かべ、小さくうなずいた。

それから、時々、仕事が早く終わった時などに、店に立ち寄るようになった。

「ね、うちもインベーダーゲーム、入れた方がいいと思う?」小夜がお盆を手にしたまま、私の前に座り、そう訊いてきたことがあった。

その年に、インベーダーゲームが爆発的な人気を呼び、マシーンを置く喫茶店が増えた。私もやってみたが病みつきになりそうだった。

しかし、小夜の店にゲーム機を置くことには反対だった。

「ここは地元の人たちのための静かな憩《いこ》いの場所だよ。ああいうゲーム機は似合わない」

「でも、お客を呼べるでしょう」そこまで言って、小夜はぐいと躰を私の方に倒した。「売り上げがかなり落ちてるの」

「ゲーム機を入れたら客が増えるだろうけど、一時《いっとき》だけだよ。ブームが去ったら、邪魔になるだけさ」

「お父さんも同じこと言ってる。幸司君とお父さんがそう言うんだったら、やめるかな」小夜は自分に言い聞かせるような口調でつぶやいた。

私は小夜の店に行く時は、ネクタイが曲がっていないかどうか、髪が乱れていないかどうか、細かなことが気になった。

なぜ、そんなことを意識するのか。私は考えたくなかった。

智子を愛しているし、小夜に恋心を抱いているわけではない。にもかかわらず、喫茶店のドアを開ける時は心が弾んだ。

たったそれだけのことなのに、私は後ろめたい気分になり、次第に喫茶店から足が遠のいた。智子から二人目を妊娠していると告げられたのも影響していたかもしれない。

長男の勇が生まれたのは八二年の一月だった。

智子と赤ん坊がまだ産院にいる時に、小夜から電話があった。

「二人目が生まれたんだってね」

「うん」

「男の子、それとも女の子？」

「男の子だよ」

「おめでとう」

「ありがとう」

「ずっと店に顔を出してくれないから、どうしちゃったんだろうって思ってたけど、奥さんが妊娠したからだったのね」

「そうじゃないよ。僕が身重だったわけじゃないから。仕事が忙しくてね。近いうちにまた寄るよ」

「今日、電話したのは、ちょっと聞いてもらいたいことがあって」

「何かあったの？」

「バーを開こうかと思ってるの」

「どこで？」

「喫茶店を夜だけバーにしようかと……」

小夜の歯切れの悪いしゃべり方がちょっと気になった。

「昼も夜も働くんじゃ躰がもたないんじゃないの」

「そっちの方は大丈夫だけど……」

「他に何かあるの？」

「カウンターの周りだけでも改装したくて、知り合いの工務店に見積もり出してもらったんだけど、結構かかるの。幸司君の銀行で貸してもらえないかなって思って」

自分の鈍さを心の中で笑った。勘のいい人間だったら、すぐにピンときたはずだ。

「いくらぐらい」

「百五十万ほどかかるの」

私はほっと胸を撫で下ろした。もっと高額の借金でも、担保になるものはありそうだから問題はないだろうが、手続きに時間がかかる。だが、百五十万円程度の融資だったら、自分の裁量で何とでもなる。

「小夜ちゃんとこのメインバンクはどこ？」

「光彩銀行よ」

「メインバンクをうちにしてくれたら何とでもなるよ」

「本当に借りられる？」

「明日、僕の働いてる赤坂支店まで来てくれないか」

「幸司君に相談してよかった」

小夜は無事に私の勤めている銀行から融資を受け、店は改装された。カウンターの周辺が大きく変わり、スツールが新しくなり、酒棚が作られ、バーらしい雰囲気になっていた。

バーは小夜だけがやることになったようで父親の姿はなかった。静かなジャズが流れる中、小夜は主にカウンター席の客を相手にしていた。

私はまた頻繁に、店に顔を出すようになった。銀行の後輩を連れて行くことも珍しくなかった。

小夜はいつもこざっぱりとした恰好をしていた。たとえば、ジーンズに白いシャツの袖《そで》をロールアップにしているような。

明るくきびきびとした接客をする小夜は、客に大変な人気で、オープンしてしばらくすると、立ち飲み客が出るほどの賑《にぎ》わいを見せるようになった。

「小夜ちゃん、いい人いないの」酔った勢いでそんなことを訊く客もいた。

「いませんよ。食べていくのに必死だから、恋してる暇はありません」小夜はそう言って、客に勧められた酒を一気に空けることもあった。

「俺が独身だったら、小夜ちゃんにならゝ何不自由のない生活をさせてやるのにな」

「お気持ちだけでけっこうよ。田中さん、何度結婚したんだっけ。三度？」

「俺、信用ないんだな」不動産業者の田中は大口を開けて笑った。

私は、なぜか、早く小夜に落ち着いてもらいたいと思った。

小夜がバーをやり出して半年ほど経ったある夜遅くのことである。

帰路についた私が地下鉄の駅から出ると、先ほどまで降っていなかった雨が激しく路上を叩《たた》いていた。傘を持っていない私は小走りに家に向かった。小夜の店の前を通った。

店の中が、レースのカーテン越しに見えた。客はおらず、小夜がカウンター席に座って、ぼんやりとしていた。

私は店に飛び込んだ。

小夜が私を見て薄く微笑んだ。「雨宿り？」

「もう店は終わりだろう？」

「まあね」

「傘、貸してくれる？」

小夜が腰を上げた。「よかったら飲んでいって」

「じゃビールをもらおうか」

小夜はカウンターの中に入った。店内には女のハスキーな歌声が流れていた。『ザ・ルック・オブ・ラブ』。007シリーズのひとつ、『カジノ・ロワイヤル』の主題歌である。誰が歌っているのかは分からなかった。

「この間ね、すごいことがあったんだよ」小夜が口を開いた。「夕方、よくコーヒーを飲みにくる、大人しい女のお客さんがいたんだけど、店を出たところで、刑事たちに取り囲まれてね」

「何をやったの？」

「その夜、刑事がふたりきて、彼女のことを訊いて帰った。山梨で、会社の金を持ち逃げした女だったらしいわ。真面目《まじめ》そうな人だったんだけどね」

「その女を唆《そそのか》した男がいたんじゃないかな。ふたりは手に手をとって東京に逃げてきたけど、或る時、男が金だけ持って姿を消し、女はひとり残されてしまった。大方、そういうとこじゃないかな」

「そうだとしたら悲しいわね」

「女子行員の使い込みにも、裏に必ずといっていいほど男がいるんだ」

小夜の視線が落ちつかないことに気づいた。ちらちらと外ばかり見ていたのだ。

「誰かくるの？」

小夜が小さくうなずいた。

「じゃ、僕はこれで帰るわ」

「もうちょっといて」

「どうして？」

「幸司君に会わせたい人なの」

「誰？　僕の知ってる人？」

「うん」

『ザ・ルック・オブ・ラブ』が『フライ・ミー・トゥ・ザ・ムーン』に変わった時、大きな黒い傘をさした男が、店の前に立った。

小夜がカウンターから飛び出し、ドアを開け、男を招き入れた。

背が高く、肩幅のある男で、サングラスをかけていた。髪は長く、ちょっとミュージシャン風だった。

小夜が私の方を振り返った。目つきが先ほどとはまるで違っていた。幸せにとろけそうな眼差《まなざ》しだった。

「幸司君、この人、覚えてる？」

男がサングラスを取った。くっきりとした二重の目が微笑んでいた。

「もしかして戸谷《とたに》？」

「そのもしかしてだよ」昌史が、太くてよく響く声で答えた。

「ちょうど幸司君が店にきたから、私、引き留めたの。昌史も幸司君に会いたいだろうと思って」

戸谷昌史と再会したことよりも、小夜の態度に驚きを感じて、それ以上、言葉を発することができなかった。

小夜と昌史が深い関係であることは間違いない。

「昌史も座って」

昌史が私の隣に腰を下ろし、私をじっと見つめた。「子供の頃の面影がすごく残ってる。堀池《ほりいけ》は童顔だな」

「お前は変わったよ」

恰好いい男になったと言いたかったが、言葉にはしなかった。

昌史は私と同じ小学校に通っていたが、父親の運送店が潰《つぶ》れ、三年に上がる年に夜逃げした。父親は闇《やみ》カジノの常連で、暴力団からの借金が返せずにいたらしい。

昌史はとても勉強ができ、野球少年で、本なんか全然読んでいないのに、読書感想文コンクールでは全国で二位になるくらいの作文の実力があった。私は昌史とよく遊んだ。ベーゴマもビー玉も昌史の方がうまかった。明るく振る舞ってはいたが、どこかかげりのある少年だった。

「小夜さん、戸谷とはどこで再会したの？」

「京都の出版社にいた時、一度会ってるの。彼、ゴーストライターをやってるのよ」

「ゴーストライターね。お前、作文、抜群にうまかったもんな」

「でも、ずっと会ってなかったのよ。ところが、二ヶ月ほど前に、この店に顔を出してくれたの」小夜の声が弾んでいる。

「京都を離れ、東京に戻ってきて内藤町にあるマンションを借りた。生まれ育ったとこをぶらぶら歩いてたら、この喫茶店が目に留まった。小夜が出版社を辞めたのは聞いてたけど、喫茶店を継いだことは知らなかったから、彼女の顔を見た時はびっくりしたよ」

「それで」私は小夜と昌史を交互に見た。「ふたりはその……」

小夜が照れくさそうに目を伏せ、うなずいた。「近いうちに入籍するつもり」

「俺、婿《むこ》養子に入ることにしたんだ」

「お前、兄弟いたっけ」

「五歳年下の弟がいる。けど、うちは後継ぎが必要な家じゃないから、どうだっていいんだ」

「今もゴーストライターを？」

「うん」

「昌史は小説家を目指してるのよ」小夜が嬉々《きき》とした声で口をはさんだ。

「そうか。小説家をね。実は僕も大学の時には小説家になりたいと思ったことがあった」

「えーえ。幸司君が」小夜が目を白黒させた。

「小夜さん、そんなに驚くことはないだろう？」

「ごめん、ごめん。でも、何かピンとこなくて」

私は肩をすくめ、ビールを飲み干した。そうしてから訊いた。「結婚式はいつ？」

「式なんか挙げないよ。そういうこと私たちどうでもいいの」

「そうかあ。でも何でもいいけど、おめでとう」

「近いうちに飲もうぜ」昌史が誘ってきた。

「いいよ」私は、自分の名刺を取りだし、そこに自宅の電話番号を記してから、昌史に渡した。

「必ず連絡する」

私は、小夜に借りた傘をさして、家路についた。

気持ちが沈んでいる。小夜に好きな男ができ、結婚する。しかも、相手は自分の同級生。何となく気に入らないのだった。小夜に早く落ち着いてほしいと思った自分は何て幼かったのだろう。

しかし、冷静に考えてみたら、滅茶苦茶な話だ。己は所帯を持っていて、小夜との結婚なんてまったく考えていないのに、小夜の幸せを素直に喜べない。自分の身勝手さと狭量さを嫌悪《けんお》したが、胸の裡《うち》に巣くった感情を消すことはできなかった。

智子に小夜の結婚の話を簡単に教えた。智子が相手のことを訊いてきたので、「いい奴《やつ》だよ」とだけ答えておいた。祝いの品は智子に任せることにした。

智子が用意したのは夫婦茶碗《ぢゃわん》だった。私は智子に持っていかせることにした。

「昌史に会った？」

智子が祝いの品を店に届けた夜、私は彼女に訊いた。

「あなたの言ってた通り、とても感じのいい人だった。サービス精神も旺盛《おうせい》のようで、私のことも褒めてくれた。あなたにはもったいない素敵な人だって言ってね」

「あいつ、小学校の時から口がうまかったんだよ」

「小夜さん、ますます綺麗になったみたい。あなたそう思わない？」

「そうかな」私は大袈裟《おおげさ》に首を傾《かし》げて見せた。「前と変わらない気がするけど」

婿養子に入った昌史は、当然、小夜の家で暮らし始めた。店も手伝うようになったらしく、喫茶店にはもう父親はほとんど顔を出さず、昌史が仕切るようになった。

バーの方は小夜に任せていた昌史は、よく私を飲みに誘ってきた。

昌史は、一杯飲み屋の女将《おかみ》から、スナックのアルバイトの女の子まで、誰にでも愛想がよくて、面白いことを言うので人気があった。ひとつ間違えると自慢話に聞こえるエピソードでも、彼が話すと、愉《たの》しい話として受け取られ、みんなが笑うのだった。

「昔、付き合ってた女に別れ話をしたのが、たまたま鉄板焼き屋だったんだけど、いきなり、女が俺の頬を殴ったんだ。そしたら、その時かけてたサングラスが外れて、鉄板の上に転がってね、あやうく焦《こ》げそうになったよ。サングラスのミディアムレアなんていただけないよね」

こういう他愛のない話が次から次へと出てくるので、座が盛り上がるのだ。

「安堂さんといると、明るい気分になれる。奥さん、幸せね」

そんなことを言うスナックのママもいた。

昌史はどこにいようが誰と一緒だろうがいつも主役だった。それも嫌味なく座の中心にいた。周りにいる人間で話の輪に入れない人には、進んで声をかけるような男でもあった。

私は、昌史が羨ましいと思ったことはあるが、太刀打ちできないと諦《あきら》めていたせいもあり、焼き餅《もち》を焼いたことはない。小夜が彼に引かれたのも無理はないと納得してもいた。

酒に飲まれることのない昌史が、一度へべれけになったことがあった。

「疲れたよ。本当に疲れた」昌史が独り言めいた口調で言った。

「何が？」

「小夜の親父《おやじ》、彼女が俺と一緒になることに猛反対してたんだ。そんな相手と同じ屋根の下で暮らしてるのはきつい」

「お前、店の手伝いもちゃんとしてるから、親父さん助かってるはずだけどな」

「俺のこと、虫が好かないんだよ。それだけの話さ。だから、俺が何をやっても認めたくないんだろうよ」

「住まいだけでも別にしたら？」

「小夜はマンションを買おうとして金を貯《た》めてる。だから、今は家を出られない」

「小説はどうなってる？」

私はさらりと話題を変えた。

「知り合いの編集者を通じて、長編を大手出版社に持ち込んだけど、突っ返された」

「どんな内容の小説なんだ？」

「一言で言うのは難しい抽象的な作品だ」

「目標にしてる作家はいるんだろう？」

「ヘンリー・ミラー」昌史は即座に答えた。

「ヘンリー・ミラーね。真似《まね》ることのできない作家だな」

「真似なんかするつもりはないけど、小説らしからぬ小説が書きたい」

高望みは止《よ》せと喉《のど》まで出かかったが、うなだれている昌史には何も言えなかった。

一見、剛胆に見える昌史だが、本当は神経質で、他人の顔色を窺《うかが》いつつ生きていることが、付き合っているうちに分かってきた。

世の中と馴染めない性格を昌史は持っていた。それは作家になる素養があると言えるかもしれないが、性格的に作家に向いている人間など世の中にごまんといる。その大半は社会生活が苦手なだけのただの人である。

昌史が小夜と結婚してよかったと私は思った。

昌史の心の裡を知った半年ほど後、四十の声を聞く頃に、私は京都支店に転勤になった。子供の学校のこともあるので単身赴任だった。京都と聞いて、小夜も昌史も、ひとりで食事をするのだったら木屋町のどこそこがいいとか、バーだったら先斗町《ぽんとちょう》に感じのいい店があるとか、いろいろ教えてくれた。

「智子さんのこと任せておいて。私がお相手してあげるから」

小夜がそう言うと、昌史が大きくうなずいた。「俺も協力するよ。時々、三人でご飯食べたりするかな」

「昌史、女房に遊び癖をつけさせたりしないでくれよ」

「大いにつけてやりたいね。子育ては大事だけど、智子さん、女盛りだよ、外に出て、大いに女を磨くべきだよ」

私は笑って受け流すしかなかった。

小夜たちは、私に言った通り、智子をよくかまってくれ、食事やコンサートに連れていってくれたようだ。智子がとても嬉《うれ》しそうに、彼らと何をしたか電話で報告してきた。その都度、私は小夜にお礼の電話を入れた。

見てはならないものを見てしまったのは、九一年の秋、単身赴任が終わる直前のことだった。

滋賀県の草津に仕事で出かけた。その時、草津宿本陣から出てくるカップルが偶然、目に留まった。

女の方は見たこともない人間だったが、女の手を握り、笑顔で話しかけているのは昌史だった。声をかける気にはとてもなれず、私は逃げるようにして、その場を立ち去った。

どうするか迷った挙げ句、その夜、小夜の店に電話を入れ、近いうちに東京に戻れると伝えた。そして、おもむろに昌史のことを訊いた。

「彼、ゴーストの仕事で草津に行ってるの。老舗《しにせ》旅館の主人が、自分の半生記を本にしたいんだけど、自分じゃ書けないらしい。仕事が終わって時間があったら、幸司君に会ってくると言ってた。だから、明日か明後日ぐらいに連絡があるかもしれない」

小夜が言った通り、翌々日、昌史から電話がかかってきた。草津での仕事が長引いてるから、会いにいけないといかにも残念そうに言った。私は、昌史は本当に嘘が上手だと感心して聞いていた。

昌史に女ができた。小夜が不憫《ふびん》に思えたが、そのことをご注進する気はなかった。

昌史を草津で目撃した翌月、東京に戻った私は蒲田支店に配属になった。新しい職場に慣れた頃、私は小夜のバーに寄った。

カウンターの中に入っていたのは小夜ではなかった。

びっくりした。

「いらっしゃいませ」とにこやかに微笑んでいるのは、草津で昌史と一緒にいた女だったのだ。

「ママさんは？」私が女に訊いた。

「ちょっと用があって出かけてますが、すぐに戻ってきます」

三十ぐらいの小柄な女で、くりっとした目が印象的だった。髪はショートボブで、胸がかなり豊かそうに見えた。

カウンター席についた私は、女にいろいろ質問した。名前は菜々美《ななみ》。昼間は信濃町《しなのまち》にある歯医者の受付をやっているという。小夜の店では九月から働いているが、週に二日しか来ないらしい。出身は静岡の三島だった。

昌史のことを口にしてみた。

「時々、ここにいらっしゃいます」菜々美は平然と答え、にこりとした。「堀池さんの奥さんにもお子さんにも私、会ってます」

「あ、そう」

小夜が帰ってきた。「幸司君、久しぶり」

「やっと戻ってこられたよ」

「菜々美ちゃん、彼は……」

「自己紹介はすんでる」

小夜は、菜々美がよくやってくれていると褒めまくった。夫の行動にまったく気づいていないのだろうか。私は、小夜の笑顔から目を背けたくなった。

家に戻った私は、智子に菜々美の話をした。「菜々美さん、私が風邪で体調を崩した時、昌史さんと一緒に、うちの子の相手をしてくれたのよ」

「昌史と一緒って……」

「昌史さんが彼女を連れてきたの」

昌史は智子の風邪すら、菜々美との密会に利用していた気がしてならなかった。

昌史に一言を言うべき時がきたと思い、小夜がバーに出ている間に、自宅を訪ねた。しかし、昌史は不在だった。

その数日後のことである。小夜から銀行に電話がかかってきた。時間があったら家に帰る前にバーに寄ってほしいという。昌史と菜々美の関係を小夜が知ったのではなかろうか。

私は仕事が終わると、小夜のバーに向かった。臨時休業の張り紙がしてあったが、ほの暗い光が店から漏れていた。

小夜はカウンター席の端に座り、バーボンを飲んでいた。

「ごめん。急に呼び出したりしちゃって。何か飲む？」

「同じものをもらうかな」

小夜は酒の用意をすると、元の席に戻った。私はグラスを口に運ばずに、小夜を目の端で見た。「何かあったの？」

「昌史が消えた」小夜の言い方は拍子抜けするぐらいに軽かった。

「消えた？」

「菜々美と手に手を取って逃げ出したの」

私は一気にグラスを空け、ふうと息を吐いた。「どこに行ったか心当たりはないの？」

小夜がゆっくりと首を横に振った。「でも、そんなことどうでもいい。昌史、あの子に惚《ほ》れたみたいだから」

「ふたりの関係に、小夜さん、前々から気づいてた？」

「昌史が気があるんじゃないかと思ったことはあるけど、まさか、こんなことになるとは夢にも思わなかった」

「置き手紙か何かあった？」

「うん。長文の手紙に、彼の思いがいっぱい綴《つづ》られてた」

昌史が逃げ出したのは、好きな女ができたからだけではなかった。小夜の父親との関係のことも書かれていて、苦しかった心情も語られていたという。

昌史は嘘をついてはいないだろうが、書かれていたことを額面通りに受け取っていいかどうかは分からない。文才のある昌史は、かなり脚色して、自分を正当化した気がしないでもなかった。

手紙と一緒に離婚届が封筒に入っていたという。

「こんなこと訊くのは、何だけど……。昌史、金持ってるのかな」

「ゴーストライターで稼いだ金、彼、しっかり貯めてたみたい」

ゴーストライターの仕事なら、どこでもできる。食うには困らないだろう。

「一時の気の迷いで、冷静になったら、家出した猫みたいにふらりと戻ってくるかもしれないよ」

小夜は表情ひとつ変えず、ゆっくりと酒を喉に流し込んだ。

家に戻ると、小夜たちに何があったかを智子に教えた。智子もショックを受けたようで、菜々美という女は会った時から嫌いだったと口汚く罵《ののし》った。その言い方が智子にしてはかなりきつかったので、私はちょっと驚いた。

昌史がいなくなった後も、小夜は喫茶店とバーを営んでいた。決して、悲しい顔はせずに、客の相手をしていた。その姿が痛々しかった。

よりによって昌史とこんなところで再会するなんて。私は、変わり果てた幼馴染みを見つめた。

「小夜は元気にしてるか」昌史が訊いてきた。

「バーはとっくの昔にやめたけど、喫茶店は続けてる。ひとりで頑張ってるよ」

「再婚しなかったのか」

私の頬に皮肉めいた笑みが浮かんだ。「男にうんざりしたんじゃないのか」

「嫌味言うなよ」

「言いたくもなるさ」

小夜は離婚届をすぐには役所に出さなかった。戻ってきたら、彼を受け入れるつもりだったらしい。

「菜々美って言ったっけ。お前と一緒に逃げた女。まだ、あの女といるのか」

昌史が鼻で笑った。「二年ほどで、逃げられた。風の便りじゃ、去年、乳がんで死んだそうだ」

「ゴーストの仕事は続けてるのか」

昌史が遠くを見るような目をした。「バブルが弾《はじ》けてから仕事が減ってな。一念発起、小説でと頑張ったけど、物にはならなかった。収入がどんどんなくなっていったことで、菜々美は俺から去っていったんだと思う」

「直江津にはいつから」

「もう十七、八年住んでる。海があり山があり、食べ物もうまい。いいとこだぞ」

「ひとりか？」

昌史は小さくうなずき、微笑んだ。その笑みがいかにも寂しそうだった。

「富山で知り合った男が、ここで鉄工所をやっててな。俺はずっとそこの従業員だった」

「お前に鉄工所の仕事ができたのか」

「できるわけないだろう。俺は営業だった。富山でも同じような仕事をしてたから。定年になってからは、何もしてない。〝サンデー毎日〟状態だよ」

年金暮らしの男がよく言う冗談を昌史は口にした。若い頃は、もう少し洒落たことを言っていたはずだが、と思いつつ、私はトマトジュースを口に含んだ。

「で、いつまで直江津に？」

「今日のうちに東京に戻るつもりだ。上越妙高から新幹線に乗って。お前に会わなかったら春日山城跡でも見物してこようかと思ったけど、もう観光なんかどうでもよくなった」

「もう少しいてくれたら、俺が案内してやったのに」

「行くんだったらひとりで行くよ」

「俺に怒ってるんだな」

私はそれに答えず、今度は水を口に含んだ。

「お前はあれからずっと銀行に？」

私は過ぎた人生を簡単に昌史に教えた。そして、智子が死んだことも伝えた。

「智子さんが亡《な》くなった」昌史は呆然《ぼうぜん》としてつぶやいた。

「俺が京都に単身赴任してた時、小夜さんと一緒に、智子や子供のことをかまってくれたんだよね」

「そんなこともあったっけなあ」

遺品を整理していた時、智子の日記が出てきた。私が東京を離れていた間に記されたことに、私の目が釘付《くぎづ》けになった。

智子は、昌史に片想いをしていた時期があったのだ。

〝昌史さんはまったく何も気づいていない。でも、それでいい。私は彼と具体的に関係を持とうなんてちっとも思ってないから。顔を見て、ちょっと話すだけで、その日が幸せになる。こういう気持ちを隠して、夫と接していることだって裏切りかもしれないけど、どうすることもできない……〟

これを読んだ時、昌史が菜々美と逃げた後、智子が菜々美のことを激しい口調で悪く言っていた理由が、ここにあったのかと思い知った。しかし、さしてショックは感じなかった。昌史がいなくなってかなり時間が経っていたし、智子が死んだという空虚感の方が勝っていたからだろう。

智子の日記には、さらに驚くことが書かれてあった。

智子は小夜に嫉妬《しっと》していたようだ。その原因を作ったのは私だった。

昌史がいなくなった直後、小夜の父親が亡くなった。母親はその時すでに他界していた。

天涯孤独の身になった小夜のことが、気になってしかたがなかった私は、小夜と店以外でも会うようになった。ふたりだけになっても、何も起こらないし、何も始まらなかったが、それでよかった。

休みの日に、我が家で夕食を、と誘うこともあった。智子も小夜に同情しているようで、親身になって小夜の相手をしていた。

私は心のどこかで、昌史が逃げてくれたことを喜んでいた。

ひとりになった小夜とつかず離れず付き合っていける。小夜が私の人生の張りになっていたことは間違いなかった。

そんな自分の振るまいを卑怯《ひきょう》だと思っていた。しかし、卑怯な態度以外に、家庭を壊さずにすむ方法はないと自分に言い聞かせ、微温の中で小夜と会うことを止《や》めなかった。

私が、小夜に特別な想いを抱いていることに、智子は気づいたらしい。

お笑い草である。私は小夜に、智子は昌史に、密《ひそ》かに恋慕の情を抱いていたのだから。今になって考えてみると、私と智子は似たもの同士、確かに卑怯な夫婦だったようだ。

智子が死んでからも、私と小夜の関係にさしたる変化はない。ただ、以前よりもよく食事をしたり、美術館に話題の絵を見にいったり、散歩をしたりと一緒にすごす時間が増えた。お互い体調が悪い時は、どちらかが付き添って病院に行くようにもなった。結果、夫婦と間違われることが増えた。

小夜との付き合いは清いものだったが、娘の千鶴は、小夜を嫌っていた。

〝ママが死んだら、あなたが家を守って。小夜って女を絶対に家に入れないように〟

智子は死ぬ前、千鶴にそういった内容の手紙を送ったのだ。

「パパ、小夜さんと関係あるの」

「天地神明に誓って何もない。ママ、何か誤解してたみたいだね」

「ならいいんだけど」

娘にそう言われた頃は、小夜との同居は考えていなかった。しかし、智子が死んで三年が経ち、私たちの行き来が激しくなった今は違う。

中学校の頃に、小夜にときめいた私だが、小夜が私に気持ちが動いたことは一度もなかったはずだ。しかし、ここまできたら、天井の電球が切れた時に、すぐに新しいものに交換してくれるような男が傍にいた方がいいに決まっている。お互いに助け合って生きていく間柄だと割り切れば、小夜も私との同居を嫌がりはしないだろう。問題は千鶴だが、娘に遠慮して自分の本意を曲げるつもりはなかった。

実は、今回の旅にはもうひとつの隠れた目的があった。それは、東京に戻るまでに、小夜に一緒になろうというメールを送ることだった。

いつも顔を合わせていると却《かえ》って言いにくいこともある。

東京に戻る時間を知らせるのと同時に、自分の気持ちを書き記すつもりでいた。しかし、昌史に会ってしまったことで予定が狂いそうだ。昌史と会ったことを小夜に黙っているわけにはいかない。

小夜が、今、昌史に対してどんな気持ちを持っていようが、話を聞けば、胸が高鳴るに決まっている。エモーションが波打っている最中に、私の思いを語ることは避けたかった。

「小夜に、俺に会ったこと話すのか」

「言っちゃまずいことでもあるのか」

「ないよ。落ちぶれて、見られたもんじゃなかったって言っておいてくれ」

「何か他に彼女に伝えておくことはあるか？」

「何もない。今更、詫《わ》びてもしかたないだろう？」

「まあな」

「変なことを訊くけど、お前、小夜が好きだったんじゃないのか」

「憧《あこが》れのお姉さん、それ以上でもそれ以下でもない」私は嘘をついた。「でも、どうしてそんなこと訊くんだ」

「別に」

昌史が私の携帯の番号を知りたいと言った。私は少し躊躇ったが、教えないのも変だから、番号を交換した。

そして、私たちはまた見つめ合った。昌史の目尻《めじり》がゆるみ、私の頬に笑みがさした。

昌史が吸っていた煙草を消した。「俺は、そろそろ行く」

「何か用があるのか」

「うん」

「〝サンデー毎日〟じゃないのか」

「飼ってる猫が怪我《けが》をして入院してるんだ。もうじき退院できるんだけど、毎日様子を見にいってるんだ。十五歳になる三毛猫の雑種でね。可愛《かわい》いんだよ、これが」

そう言いながら、昌史は勘定書を手に取った。任せることにした。相手が落ちぶれているから、却って、私が払うとは言いにくかった。

「で、お前はこれからどうする？」

「バスの時間までまだ少しあるから、ここにいる」

「じゃ、俺はこれで」

「元気でな」

「お前も」

昌史は店を出て、白い光の中に消えていった。その後ろ姿は見窄《みすぼ》らしいものだった。

午後六時頃の新幹線で東京を目指した。

昌史からショートメールが入った。

〝再会できて、本当に嬉しかった。今夜は過去を肴《さかな》にしてひとり酒になりそうだよ。また機会が巡ってきたら会おう。達者でな〟

小夜のことには一切、触れられていなかった。

小夜には、東京に着く時間だけをメールで教えた。当初の計画は実行に移さず、昌史と会ったことも書かなかった。

東京は雨だった。本降りである。タクシーで小夜の家に向かった。

「食事は？」小夜が訊いてきた。

「新幹線の中で食べてきた」

小夜は茶を淹《い》れてくれた。

私は、小夜をじっと見つめた。

ショートカットの髪がよく似合っている。皮膚に張りがあるおかげで若く見える。年齢を重ねることで、顔が以前よりもふっくらとしてきたが、却って、それが柔和な表情を作り出すのに役に立っていた。

若い頃の小夜よりも、今の彼女により魅力を感じている。

やはり、きちんと自分の意志を伝えるべきだろう。しかし、その前に……。

「大事な話があるんだ」自分でも驚くほど声が固かった。

「何？」

「びっくりして腰抜かすなよ」

「だから何よ」

「直江津の喫茶店で偶然昌史に会った」

小夜は口を半開きにし、淹れたばかりの茶を見つめていた。

「そのせいで、上杉謙信ゆかりの城跡を見に行くことができなかった」

「彼、直江津で何しているの？」

昌史から聞いた、この二十五年間のことをすべて小夜に伝えた。

小夜の表情は変わらない。穏やかな顔をして、黙って話を聞いていた。

「今はひとりなの？」

「老猫とふたり暮らしらしい」

「連絡取れる？」

私は鋭い視線を小夜に向けた。「小夜さん、今でも彼のことを」

「もう何とも思ってないけど、声ぐらい聞いてみたい」

小夜の言葉に目の前が真っ暗になった。

「連絡先、聞いたんでしょう？」

私は答えずに目を瞑《つぶ》った。

昌史なんかどうでもいいだろう！　私の呼吸が荒くなった。

「幸司君、どうしたの？」

「〝君〟づけは止めてくれ。そんな歳《とし》じゃないから」私は怒りを露《あら》わにした。

「………」

「昌史の携帯番号は聞いてある。でも、小夜には教えない」私は、それまでずっとつけていた〝さん〟を取った。「あんなことをしでかした男に、自分から連絡したいなんて、何を考えてるんだ！」

「何も考えてないわよ。私、とっくに吹っ切れてる。だから平気で声ぐらい聞けるのよ」

私は目を開け、まっすぐに小夜を見た。「昌史のことよりももっと大事なことがある」

小夜は怪訝《けげん》な顔で私を見返した。

「小夜、これから先は、俺と一緒にやっていこう。それしか君の生きる道はない」

これまでずっと言い出しかねていたことを一気に吐きだした私は、すっと気持ちが楽になり、こう続けた。

「安堂小夜の昌史は、とっくの昔に死んでる。死人の声など聞くと運が落ちる。連絡先は絶対に教えない」

言い終わった私は、百メートルを全速力で走ったかのように息が上がっていた。

小夜が私の隣に腰を下ろし、激しく上下していた私の肩に手をおいた。

「これからの人生、幸司とやっていきたい。だから、幸司の言う通りにする」小夜が、私の耳元でしめやかな声でそう言った。

威勢を使いきってしまった私は、もう言葉も出なくなっていた。

「幸司君、いや、幸司、血圧の薬飲んだ？」小夜ががらりと調子を変えて訊いてきた。

「いや、飲んでない」

「駄目だよ、ちゃんと飲まなきゃ」

そう言い残して、小夜が台所に向かった。

私は鞄《かばん》の中から薬が一式入った袋を取りだした。

小夜が用意してくれた水で、降圧剤を飲む。

小夜は私の隣に座っていた。

「あ、そうだ。お土産を買ってくるのをすっかり忘れてた。直江津名物の団子を買って帰るつもりだったんだけど……」

「何言ってるの。すごい土産話を持ってきてくれたじゃない」

小夜が私を見て微笑んだ。私も頬をゆるめた。

屋根を叩く雨音が聞こえている。

「雨だね」小夜がつぶやくように言った。

「雨だな」

私たちは正面を向いたまま、また口を噤《つぐ》んだ。そして、長い間、そのままじっとしていた。

無風の人生を送ってきた男にとって、とても相応《ふさわ》しい新たな旅立ち。私の胸がじんじんと鳴った。

解説

吉田伸子

「俺の直木賞はお前だよ」

第一一四回直木賞の選考で候補に上がったのは、北村薫、小池真理子、高橋直樹、服部真澄、藤田宜永、藤原伊織の六氏で、受賞されたのは、小池真理子さん（受賞作は『恋』）と藤原伊織さんだった。小池さんと藤田さんは夫妻での候補で、妻の小池さんが受賞し、夫である藤田さんは落選した。その時の、藤田さんが小池さんに言ったとされるのが、冒頭の言葉だ。このことは、藤田さんご自身の講演会でも語られていることでもあり、今や、藤田さんにまつわる伝説の一つと化しているのだが、私は、この言葉に、藤田さんの本質がある、と思う。なぜなら、一見キザに聞こえるこの言葉は、小池さんを守るための言葉でもあるからだ。

もちろん、藤田さんは実際に小池さんにそう言ったのだろうし、そしてそれは藤田さんの本心から出た言葉だと思う。長年自分に連れ添っている妻への労《いたわ》りと感謝。しかし、それだけではない。夫妻で直木賞の候補にあがり、片方が受賞、片方が落選、となれば、そんな美味《おい》しいネタをメディアがスルーするはずがない。失礼のない範囲でこそあれ、同業者夫妻としての確執、といったあたりを、取材やインタビューの際についてくるのは目に見えている。それをかわすには、別の何か、が必要であり、しかもその何かにはインパクトが不可欠。その条件を満たしているのが、冒頭の言葉なのだ。

きっと、受賞者である小池さんに、「落選した夫」を語らせることがどれだけ辛《つら》いことなのか、藤田さんはわかっていたのだ。そしてそれは、藤田さんのダンディズムからすれば、耐え難いことであったはずだ。小池さんが苦痛に感じることは、藤田さんにとってもまた苦痛だったのだと思う。それよりも、受賞された時、(夫の藤田さんから)こんなことを言われたそうですね、と話を向けられるほうが、小池さんが傷つかなくて済む。そんなふうに藤田さんは考えたのではないか。私はそう思っているし、そのことを確信してもいる。ちなみに、藤田さんは小池さんの受賞から五年後に直木賞を受賞されている。夫妻での受賞は、歴代初である。

藤田さんといえば、飄々《ひょうひょう》とした、という形容が似合う方だったが、その軽やかさを支えていたのは、優しさだった。その優しさの由来を知りたい方は、藤田さん自身が色濃く投影された主人公が登場する『愛さずにはいられない』をぜひ一読されたい。求めても求めても叶《かな》わなかった母親からの愛情とそれ故《ゆえ》の愛憎。『愛さずにはいられない』は、作家・藤田宜永を知る上で、マストリードな一冊でもある、と私は思っている。藤田さんのあの過剰なまでの他者へのサービス（それは時に饒舌《じょうぜつ》となって現れる）は、藤田さんの優しさに由来するものであり、同時に、周囲の人や雰囲気に対して、誰よりも敏感であることの証《あか》しなのである。

藤田さんといえば、初期の冒険小説のイメージが強い読者も多いかもしれないが、私にとっては、恋愛小説の名手、だ。誰よりも男女の機微をさりげなく細やかに描く人、である。その巧みさは、本書に収録されている六編を読めばわかる。

どの作品もいいのだが、あえて私のベストをあげるなら、表題作「わかって下さい」だ。このタイトルで、すぐに因幡晃《いなばあきら》の名前が浮かんだ方は、おそらく私と同世代の読者だろう。透明感のある声で、悲しい愛のあとかたを歌い上げた大ヒット曲の曲名でもあるのだ。これがね、物語の切なさと絶妙に相まって、二重に胸に落ちてくるんですよ。読んだあとに聴くと、尚《なお》しみます。

主人公は大学卒業後に就職した製紙会社で、総務部の副部長まで勤め上げ、子会社に二次就職。去年六十五歳で退職してからの大事な務めは、認知症で施設に入所している父親の相手をすること。冒頭の一行に「取り立てて不満のない人生である」とあるように、穏やかな人生を送ってきた。退職後はそれなりに余生を楽しもうと思っていたものの、仕事一筋で生きて来たため、他に打ち込めるものが何もなく、勢い、毎日が暇で仕方がない。日々の無聊《ぶりょう》を託《かこ》つのは、テレビで放映される懐《なつ》メロ番組だ。

そんな父親を思いやって、娘が『青春のフォークソング』という番組の公開放送に応募し、抽選に当たる。当日は妻も友人も予定があったため、主人公は一人でテレビ局に赴くのだが……。この先のドラマは、実際に本書を読んでください。ここで、注目すべきなのは、ごくごく平凡に生きて来た一人の男にも、若かりしひととき、心を燃やした愛があったことだ。叶わぬままに終わった愛があったことだ。

人は老いる。どんな人にも、老いと死だけは平等にやって来る。人生がまだずっと先まであった頃、二十代、いや、三十代ですら、老いと死は遠いものだった。それが、不惑を超えたあたりから、薄《うっす》らとその気配が漂い始める。還暦に手が届きそうになる頃には、気配ではなく、確実にその存在を意識するようになる。周りに漂っていたはずなのに、すぐそばどころか自分の身の内のことになっている。そして、そのことに気づいた時、びっくりしてしまう。自分は、なんと遠くまで来たことか。

本書の主人公は、概《おおむ》ね六十代のまんなかぐらいにいる男性たちだ。退職後の元サラリーマン（「わかって下さい」「恋ものがたり」「土産話」）、父親の遺産で悠々自適の日々を送るシングルファーザー（「白いシャクナゲ」）、父が残した小さな出版社を継いだ男（「観覧車」）、若かりし頃パリに暮らした画家（「エアギターを抱いた男」）。六編中、三編が、ごく普通のサラリーマンであることに注目されたい。日本のどこにでもいる、ごく普通に日々を営んでいる、もう若くはない男たち。そんな彼らを主人公に据えつつ、藤田さんが描き出す彼らのドラマの、なんと奥行きのあることか。

そこにあるのは、誰の、どんな人生をも包み込んで肯定するような、藤田さんの優しい眼差《まなざ》しである。実らなかった恋、回り道になってしまった恋、始まる前に終わってしまった恋……。どんな恋にも、時をかけて実を結ぶ目に見えない果実があり、誰にも知られず、ひっそりと、けれど、甘やかに熟したその果実を、そっと繊細な手つきで一つ一つ描いていったのが、本書の短編たちである。

本書が単行本で刊行された二年前、書評家である杉江松恋氏は、こんな風に評している。

「本書は、人生の秋を迎えた同輩への応援歌という一面もあるのだろう。どんと背中を叩《たた》かれて、しっかりやれよ、と言われた気持ちになる」

杉江氏が、「短篇の名手」と絶賛する藤田宜永さんのエッセンスを、本書はあますところなく味わえる一冊だ。そして、しっかりやれよ、と背中を叩くと同時に、しっかりやれない同輩には、「俺でよければ、話、聞くけど?」とさりげなく手を差し伸べてくれるのも、藤田さんなのだと思う。

今年（二〇二〇年）の一月、藤田さんは肺癌《がん》でその生を終えられた。六十九歳、早すぎるその死は惜しんでも惜しみきれない。もっともっと藤田さんの物語を読みたかったし、もっともっと、あの機関銃トークをお聞きしたかった。

きっと今頃は、一足先にあちらの世界に旅立った作家仲間の船戸与一氏に、船戸氏が旅立った後の文壇事情を語りまくっているに違いないし、船戸氏と小説談義を繰り広げているに違いない。なによりも、きっと、藤田さんはあちらの世界で、今も書いている、と思う。書き続けている、と思う。そう、信じている。

（二〇二〇年七月、書評家）

この作品は二〇一八年三月新潮社より刊行された。

わかって下《くだ》さい

新潮文庫　ふ－18－14

令和二年九月一日発行

著者　藤《ふじ》田《た》宜《よし》永《なが》

発行者　佐藤隆信

発行所　株式会社　新潮社

郵便番号　一六二―八七一一
東京都新宿区矢来町七一
電話　編集部(〇三)三二六六―五四四〇
　　　読者係(〇三)三二六六―五一一一
https://www.shinchosha.co.jp

価格はカバーに表示してあります。

乱丁・落丁本は、ご面倒ですが小社読者係宛ご送付ください。送料小社負担にてお取替えいたします。

印刷・大日本印刷株式会社　製本・株式会社植木製本所

ISBN978-4-10-119724-1　C0193